S0-BZV-969

Secretos de alta sociedad

Maureen Child

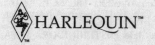

HARLEQUIN™

Editado por HARLEQUIN IBÉRICA, S.A.
Núñez de Balboa, 56
28001 Madrid

I.S.B.N.: 978-84-671-7369-7
Depósito legal: B-21405-2009
Editor responsable: Luis Pugni
Preimpresión y fotomecánica: M.T. Color & Diseño, S.L.
C/. Colquide, 6 portal 2 - 3º H. 28230 Las Rozas (Madrid)
Impresión y encuadernación: LITOGRAFÍA ROSÉS, S.A.
C/. Energía, 11. 08850 Gavá (Barcelona)
Fecha impresion para Argentina: 18.1.10
Distribuidor exclusivo para España: LOGISTA
Distribuidor para México: CODIPLYRSA
Distribuidores para Argentina: interior, BERTRAN, S.A.C. Vélez
Sársfield, 1950. Cap. Fed./ Buenos Aires y Gran Buenos Aires,
VACCARO SÁNCHEZ y Cía, S.A.
Distribuidor para Chile: DISTRIBUIDORA ALFA, S.A.

Capítulo Uno

–Maldita sea, Julia, contesta el teléfono –gru- ñó una voz profunda en el contestador antes de colgar.

Julia Prentice hizo una mueca. Llevaba dos meses esquivando las llamadas de Max Rolland y él seguía insistiendo. No porque fuera un acosador ni nada de eso, no; estaba casi segura de que era sólo un hombre airado que buscaba una explicación a por qué había rehusado ella sus llamadas desde la única noche increíble- mente sexual que habían pasado juntos.

La razón era sencilla, por supuesto. No ha- bía encontrado el modo de decirle que estaba embarazada.

–¡Vaya! –Amanda Crawford, compañera de piso y mejor amiga de Julia, salió de su cuar- to–. Parece muy cabreado.

–Lo sé –suspiró Julia, que podía incluso ad- mitir que Max tenía derecho a estar enfada- do. Ella también lo habría estado en su lugar.

Amanda se acercó a ella y la abrazó un ins- tante.

–Tienes que decirle lo del niño.

Julia se sentó en la silla más cercana y miró a su amiga.

–¿Y cómo voy a hacer eso?

–Sólo tienes que decírselo y punto –Amanda se sentó, con lo que las dos amigas quedaron al mismo nivel.

O parecido, pues Julia era bajita, de un metro cincuenta y seis y Amanda medía un metro ochenta, tenía cuerpo de modelo, pelo rubio corto, hermosos ojos grises y un corazón muy leal.

–Es más fácil decirlo que hacerlo –murmuró Julia.

–No puedes esperar eternamente. Antes o después, tendrás que presentarte ante él.

–Lo sé. Pero la noche que pasamos juntos fue una aberración. Todo sucedió tan deprisa que no tuve tiempo de pensar y, cuando quise darme cuenta, ya estaba hecho y Max me decía que no le interesaba nada más que una relación sexual mutuamente satisfactoria.

–Idiota –comentó Amanda.

–Gracias –sonrió Julia–. Y, como te puedes imaginar, aquello parecía el final. Él buscaba sexo sin complicaciones y yo buscaba algo más.

–Pues claro que sí.

Julia apoyó la cabeza en el respaldo de la silla y miró al techo.

–Ahora todo es diferente y no sé qué hacer.

–Sí lo sabes, pero no quieres hacerlo.

–Supongo –Julia respiró hondo–. Él merece saber lo del niño.

–Sí.

–Bien. Se lo diré mañana.

Una vez tomada la decisión, Julia empezó a sentirse mejor. Después de todo, no pensaba pedirle a Max que tomara parte en la vida del niño ni que le pasara una pensión. Tenía medios para criar a su hijo sola. Lo único que tenía que hacer era darle la noticia de que iba a ser padre e insistir en que no quería nada de él.

–¿Por qué me he obsesionado tanto con esto?

–Porque tú eres tú –sonrió Amanda. Dio una palmadita en la rodilla a su amiga–. Tú le das mil vueltas a todo; eres así.

–¡Vaya!, pues debo de ser una mujer muy aburrida.

Amanda se echó a reír.

–Tú piensas demasiado y yo actúo demasiado por impulso. Todos tenemos que llevar nuestra cruz.

–Cierto. Y es hora de cargar con otra –Julia se levantó y tiró hacia abajo del dobladillo de su blusa blanca de lino–. Tengo que ir a la reunión de vecinos.

–¡Qué suerte la tuya!

–Me gustaría que me acompañaras.

–No, gracias. Tengo que cenar con un amigo y espero divertirme mucho más que tú esta noche. Personalmente, me alegro de ser sólo tu inquilina y no tener que ir. Me aburriría como una ostra en diez minutos.

–En cinco –suspiró Julia.

Julia miró su reloj de oro y apenas consiguió reprimir un bostezo. La reunión de vecinos de los apartamentos Vivian Vannick-Smythe no había empezado aún y ya tenía ganas de irse.

Sentía el estómago lleno de nudos. A pesar de su conversación con Amanda, estaba tan tensa como antes. Casi no recordaba lo que era sentirse tranquila.

Aquel asunto con Max se había prolongado más de la cuenta. Tendría que afrontarlo y decirle la verdad. Al día siguiente lo llamaría, fijaría un encuentro y le soltaría la bomba. Luego, una vez cumplido su deber, podría volver a su vida segura sabiendo que el hombre que tan empeñado estaba en rehuir vínculos emocionales no volvería a molestarla.

–Pareces aburrida –dijo una voz suave de mujer a su lado.

Julia sonrió a Carrie Gray. Los ojos verdes de ésta estaban ocultos detrás de unas gafas demasiado prácticas y su cabello castaño largo iba recogido en una coleta alta en la nuca.

Vestía vaqueros, una camiseta y sandalias que mostraban uñas con restos de esmalte rojo. Carrie habitaba y cuidaba el piso 12B en ausencia de su dueño, pero también era una diseñadora gráfica de talento, aunque desempleada en ese momento, y una buena amiga.

–Aburrida no –murmuró Julia–, sólo distraída.

No era fácil fijar la atención en lo que ocurría en el bloque de pisos cuando estaba centrada en algo mucho más profundo y personal.

–¿Algo con lo que yo pueda ayudar? –preguntó Carrie.

–No. Pero gracias. ¿Algo nuevo en tu caso?

–Trabajando. O intentándolo –gruñó Carrie.

Julia sonrió comprensiva.

–¿Te siguen molestando las chicas de Trent?

Carrie puso los ojos en blanco y se colocó las gafas encima de la cabeza.

–Es una pesadilla. Trent Tanford debe de pasar cada minuto del día ligando, porque delante de mi puerta pasan mujeres a todas horas.

Trent tenía fama de playboy y se rumoreaba que tenía una mujer nueva un día sí y otro también. Y esas mujeres siempre aparecían por el 721 de Park Avenue.

–Juro que esas mujeres no tienen ni pizca

de cerebro –susurró Carrie–. Siempre llaman a mi puerta en vez de a la suya. ¿Es que no saben distinguir el 12B del 12C? ¿Tanford no sale con mujeres que sepan leer?

Julia sonrió a su amiga y se dispuso a prestar atención a la reunión. Estaban en el 12A, el piso de Vannick-Smythe, donde, como siempre, no conseguía encontrar nada de buen gusto. Todo estaba atestado hasta resultar caótico. Era tan hortera que a Julia le dolían los ojos sólo con mirar. Todo era caro, pero resultaba imposible sentirse cómoda allí. Lo cual probablemente fuera algo bueno, pues así duraban menos las reuniones.

En ese momento, Vivian Vannick-Smythe, la presidenta de la comunidad de vecinos porque nadie más quería el puesto, dio unas palmadas para llamar la atención de todos. Vivian, de sesenta y pocos años, abusaba del botox, lo que daba como resultado que su rostro delgado fuera casi inexpresivo. Sólo sus fríos ojos azules mostraban vida. Era muy delgada, vestía ropa clásica y estilosa, llevaba el pelo plateado corto y tenía el porte de un militar.

Por suerte, ese día había encerrado a Louis y Neiman, sus dos pequeños shih tzus, en el dormitorio, aunque la pesada puerta que separaba a los chuchos de la reunión no conseguía ahogar completamente sus ladridos.

–He pensado que, antes de empezar la reunión, deberíamos tener un minuto de silencio por Marie Endicott –dijo Vivian–. Yo no la conocía mucho, pero fue, aunque brevemente, una de nosotros.

Todos guardaron silencio obedientes y Julia pensó en la joven que había muerto la semana anterior. Sólo conocía a Marie de vista, pero su caída desde el tejado le había causado una honda impresión.

Tessa Banks, una rubia esbelta, fue la primera en romper el silencio.

–¿Tenemos información sobre qué le ocurrió exactamente? –preguntó.

–Buena pregunta –la apoyó Elizabeth Wellington–. Yo oí que algunos periodistas decían que la policía cree que pudieron empujarla.

–Eso es pura especulación –le aseguró Vivian.

–¿Han encontrado una nota de suicidio? –preguntó Carrie.

–No que yo sepa –repuso la anfitriona–. La policía no se muestra muy comunicativa. Pero estoy segura de que no tenemos de qué preocuparnos y pronto se dejará de hablar de esta tragedia en las noticias.

Julia pensó que seguramente sería así. En unos días más, los periodistas se marcharían a otro sitio y todo volvería a ser como antes.

Aunque no para ella.

–Tengo que anunciar un par de cosas –declaró Vivian–. Lamento decirles que el senador Kendrick y su esposa se han mudado. No sé adónde exactamente, pero creo que siguen en la ciudad. Su piso está a la venta.

Hubo murmullos de conversaciones y Julia pasó la mirada por los congregados. Gage Lattimer estaba sentado solo, lo cual no tenía nada de sorprendente. Era un hombre alto y apuesto que casi nunca asistía a las reuniones y, cuando lo hacía, permanecía al margen.

Reed Wellington, el esposo de Elizabeth, estaba sentado al lado de su mujer, pero su expresión mostraba claramente que no le gustaba estar allí. Elizabeth también se mostraba rígida, y su lenguaje corporal daba a entender que habría preferido estar en cualquier otra parte.

Tessa golpeaba la alfombra con la punta del pie y hasta Carrie, sentada al lado de Julia, empezaba a dar muestras de nerviosismo. Julia, por su parte, había sido educada por el suficiente número de niñeras como para saber que uno debía estarse quieto cuando quería moverse. Para saber cómo impedir que los sentimientos se leyeran en el rostro. Para saber cómo guardarlo todo dentro, donde nadie pudiera verlo.

–Sólo una cosa más –dijo Vivian–. Estoy segura de que les encantará oír esto –esperó a que todos fijaran su atención en ella–. Me han informado de que nuestra casa, el 721 de Park Avenue, está en la lista de posibles edificios históricos. Creo que deberíamos dar una fiesta para celebrarlo.

Empezó a moverse por la habitación hablando con la gente e intentando suscitar entusiasmo por la celebración y Julia se acercó a la puerta. Carrie se había escapado ya y ella la seguiría de cerca.

–Julia, querida.

La joven se detuvo y se volvió a saludar a Vivian con una sonrisa en el rostro.

–Hola. La reunión ha ido muy bien.

–Sí, ¿verdad? –la presidenta intentó sonreír, pero su piel demasiado tensa no se lo permitió–. Perdona si me entrometo, querida, pero pareces preocupada. ¿Va todo bien?

Julia, sorprendida, tardó un momento en contestar.

–Gracias por preguntarlo –forzó una sonrisa que no sentía–, pero sí, estoy bien. Sólo algo cansada. Y la tragedia de Marie Endicott nos tiene a todos un poco tensos.

–Oh, por supuesto –asintió Vivian–. ¡Pobre mujer! No se me ocurre en qué podía estar pensando para saltar así desde el tejado.

–¿Entonces crees que fue un suicidio?

–Supongo que tú también –Vivian la miró fijamente–. Cualquier otra cosa sería demasiado horrible. Si la hubieran empujado, podríamos haber sido uno de nosotros.

Julia no lo había pensado en esos términos, pero ahora que la semilla había sido plantada, se estremeció y lanzó otro vistazo a las personas que vivían en su bloque. Vivian tenía razón. No podía imaginarse a ninguno como un asesino. Marie seguramente había saltado. Lo cual era muy triste. ¡Qué horrible sentirse tan sola y desgraciada que la única solución fuera acabar con tu vida!

–Ahora te he entristecido –musitó Vivian–. No era mi intención.

Era cierto, pero Julia no deseaba seguir hablando de aquello.

–En absoluto –sonrió–. Pero estoy cansada. Si me disculpas…

–Por supuesto –Vivian miraba ya a otro de los presentes en la estancia–. Vete a casa.

Julia bajó corriendo los escalones hasta el ascensor. Cuando entró en él, miró la placa con los números de los pisos. Sabía que debía ir a su casa, pero Amanda había salido y no le apetecía estar sola oyendo el silencio. Apretó en un impulso el botón del bajo y se apoyó en la pared del ascensor.

Salió del ascensor con el pequeño bolso de diseño colgado al hombro y cruzó rápidamente el suelo de mármol. Una serie de alfombras orientales de colores brillantes suavizaban la fría esterilidad del mármol y apagaban el golpeteo de sus zapatos de tacón.

Las paredes del vestíbulo, pintadas de un azul apagado, estaban decoradas con cuadros caros y espejos de elegantes marcos dorados. El techo era alto y una araña enorme de cristal colgaba en el centro, casi directamente encima del escritorio ancho de caoba del conserje. Las puertas del 721 eran de cristal pesado, enmarcadas de caoba brillante, y permitían a la gente que pasaba por la acera echar un vistazo al estilo de vida elegante de los que habitaban allí. Julia siempre había tenido la sensación de que los demás vecinos y ella eran como los ejemplares de un zoo. Ellos permanecían en su jaula dorada y la gente se paraba a mirar un estilo de vida muy distinto al suyo.

–Hola, Henry –saludó al conserje, que había salido de detrás del escritorio y corría a abrirle la puerta.

Henry Brown medía alrededor de un metro setenta y era levemente cargado de hombros, castaño, con ojos marrones y modales obsequiosos.

–Hola, señorita Prentice. Encantado de verla, como siempre.

Julia esperó a que le abriera la puerta. Habría sido más fácil hacerlo ella misma, pero Henry era muy concienzudo con sus deberes.

–Gracias.

Salió a la calle atestada. Las noches de verano en Nueva York eran calientes y pegajosas y aquélla no era una excepción. Vibraba el tráfico, aullaban los cláxones y un taxista iracundo gritaba a los peatones que no hacían caso del semáforo y cruzaban la calle delante de él. Soplaba una ligera brisa, que transportaba el aroma a perritos calientes del puesto de la esquina.

Julia sonrió y echó a andar. Después del rato que había pasado sentada, era un placer estar fuera, ser parte del bullicio de la ciudad. Estaba sola pero formaba parte de la multitud. Y había algo de consuelo en eso. Allí era sólo un cuerpo más que caminaba deprisa por la acera. Allí nadie esperaba nada de ella. Nadie la observaba. Nadie le prestaba atención siempre que continuara andando y no interrumpiera el flujo de gente.

No tenía que ir lejos, sólo hasta el Park Café, en la esquina. La mayoría de los habitantes del 721 consideraban el pequeño café como una prolongación del edificio.

No obstante, esa noche Julia no quería encontrarse con ningún conocido. No le apetecía charlar, pero tampoco quería regresar a su casa para estar sola. Entró en el café, donde la recibió una mezcla de olores a canela, chocolate y café. El siseo de la máquina de café ponía el contrapunto a las conversaciones y las risas.

Había sillones grandes, sofás y mesitas bajas. Del techo colgaban macetas de cobre con helechos y una música suave de jazz salía de los altavoces. Julia pidió un descafeinado y un bollo y se instaló en un sillón en uno de los rincones, donde intentó pasar desapercibida.

El piso de Max Rolland estaba cerca del Park Café y solía ir allí al menos una vez al día. De hecho, allí era donde había conocido a Julia Prentice, la mujer que lo volvía loco en ese momento.

Recordaba claramente la primera vez que la había visto. Estaba muy elegante, sentada sola en un sillón del rincón, mirando las idas y venidas de los demás clientes como si estuviera en un palco de un teatro de Broadway. El pelo rubio le colgaba suelto hasta los hombros en oleadas suaves y sus grandes ojos azules se habían posado en él en cuanto entró por la puerta.

Max había sentido aquella mirada hasta los huesos y algo lo había impulsado a acercarse a ella, algo que no habría hecho en circunstancias normales, pues no buscaba el tipo de relación que una mujer como ella sin duda quería y necesitaba.

Se habían conocido, hablado, tocado y acabado en la cama en lo que fue una noche como ninguna otra. Sólo el recuerdo del cuerpo de ella moviéndose bajo el suyo y la seda suave de su piel bastaban para excitarlo.

Lo cual sólo servía para alimentar la rabia que hervía bajo su aparente calma. ¿Por qué ella no contestaba a sus llamadas? ¿Y por qué narices él se portaba como si fuera un adolescente enamorado?

Tomó su café solo y se volvió para marcharse. Entonces lo sintió. El poder de la mirada de ella. Igual que la primera vez dos meses atrás.

Posó la vista en el rincón más alejado y la encontró allí, entre las sombras.

Otra vez.

Y esa vez no iba a permitir que escapara tan fácilmente.

Capítulo Dos

Max cruzó la estancia atestada con los ojos clavados en los de Julia. A pesar de la distancia, podía sentir la tensión que inundaba el cuerpo de ella. Su máscara estudiada de fría indiferencia se quebró un poco en la mirada y a él le gustó saber que la ponía nerviosa.

¿A qué hombre no le habría gustado?

–Julia –dijo en voz baja, de modo que sólo lo oyera ella.

–Hola, Max.

Él enarcó las cejas.

–¿Hola? ¿Nada más? ¿Llevas dos meses evitándome y sólo me dices hola?

Ella partió un trozo de bizcocho, se lo llevó a los labios y lo masticó. Max sabía que intentaba ganar tiempo, pero ahora que la tenía arrinconada, no dejaría que se marchara hasta que le explicara por qué narices se había empeñado tanto en evitarlo.

Acercó un sillón al de ella y se sentó en el borde. Tomó un sorbo de café y la miró. Se había despertado muchas noches con su imagen en el cerebro. Se había dicho que la re-

17

cordaba mal, que ninguna mujer podía ser tan hermosa. Ninguna mujer poseía aquella mezcla inquietante de inocencia y sensualidad. Y casi se había creído sus mentiras.

Hasta ahora.

Ahora veía que ella no sólo era todo lo que prometía su memoria... era más. Sólo su aroma, algo ligero y floral, bastaba para tentarlo. Como si necesitara tentaciones.

—Pensaba llamarte mañana —dijo ella.

Max volvió al presente.

—¿De verdad? —preguntó con escepticismo.

Ella se sonrojó y apartó la vista.

—Oye, sé que estás enfadado.

—Hace semanas que pasé la fase del enfado.

Ella volvió a mirarlo a los ojos y movió la cabeza.

—Pasamos una noche juntos y, cuando terminó, dejaste muy claro que sólo te interesaba una relación sexual.

Él soltó una risita y miró a su alrededor para asegurarse de que no los oían. Todo el mundo parecía distraído con sus amigos o detrás de un ordenador, con la luz de la pantalla reflejada en el rostro. Era como si Julia y él estuvieran solos en una isla.

—Eso no pareció importarte aquella noche —señaló.

—No —admitió ella. Se lamió los labios y el

gesto hizo que el cuerpo de él se tensara hasta el punto del dolor–. Aquella noche nos dejamos llevar lo dos. Hicimos cosas que…

–He pensado en eso desde entonces –la interrumpió él, que quería estar seguro de que Julia tenía presentes los mismos recuerdos que lo plagaban a él.

Nunca había estado con una mujer tan controlada por fuera y tan completamente desinhibida en la cama. Ella se le había metido dentro a pesar de sus esfuerzos por mantener una distancia emocional segura. Y eso lo enfurecía. Max no era estúpido; conocía a las mujeres como ella.

Una mujer de la alta sociedad, nacida en un mundo en el que él sólo había podido entrar después de años de trabajo duro y perseverancia. Ella tenía pedigrí y él era un perro callejero. Sus diferencias eran palpables, pero esas diferencias no habían importado en la cama. En las horas que habían pasado juntos, los dos habían encontrado algo en el otro que no habían encontrado en ninguna otra parte.

Al menos, eso creía él.

–Créeme si te digo que yo también he pensado en aquella noche –musitó ella–. He pensado mucho.

–¿Y entonces por qué me esquivas? Los dos disfrutamos.

–Oh, sí.

–¿Y qué nos impide vivir otra noche... o más, igual que aquélla?

Ella lo miró a los ojos.

–Estoy embarazada.

Max se quedó atónito. Su comentario sencillo, su mirada limpia y firme, la decisión de su boca... Todo dejaba claro que decía la verdad. Pero si quería que se creyera que el niño era suyo, le esperaba una sorpresa.

Max sabía algo que ella desconocía y, debido a eso, no le cabía ninguna duda de que no era el padre del hijo que esperaba.

–Felicidades –dijo con voz tensa. Tomó un trago de café y el líquido fuerte le quemó la lengua. Casi lo agradeció, pues la molestia le dio algo en lo que concentrarse que no fuera la súplica muda de los ojos de ella–. ¿Quién es el afortunado padre?

Ella echó atrás la cabeza y abrió mucho los ojos.

–Tú, por supuesto.

Él se echó a reír lo bastante alto para que algunas cabezas se volvieran a mirarlo. Max miró a esas personas y ellas apartaron la vista enseguida. Volvió la cabeza hacia Julia con una mueca.

–Buen intento, pero no me lo trago.

–¿Qué? –ella parecía también atónita–. ¿Por qué te iba a mentir?

–Una pregunta interesante.

Max dejó el café en la mesa y se felicitó en silencio por la calma que mantenía. Nadie habría dicho al verlo que estaba furioso… y bastante decepcionado. Le quitó el vaso a ella, lo dejó y murmuró:

–Toma tu bolso. Nos vamos.

–Yo no quiero irme.

–Eso a mí no me importa –se puso en pie y la miró con fijeza hasta que ella tomó el bolso y se levantó. La agarró del codo con firmeza y la guió hacia la calle.

–¿Adónde vamos? –las piernas mucho más cortas de ella se esforzaban por mantener el paso largo de él, pero Max no aminoró el ritmo.

Era una fuerza de la naturaleza que conseguía de algún modo apartar a la multitud que atestaba las aceras. La gente se hacía a un lado, se retiraba de su camino y él tiraba de Julia. No pensaba tener aquella conversación en público. Si ella quería jugar, lo harían en su casa, donde podría decirle claramente lo que pensaba de las mujeres de sangre azul que intentaban engañar a la gente.

El bloque donde vivía era mucho más nuevo que el de ella. También era de mucho dinero, pero no viejo, sino de nuevos ricos. El portero se apresuró a abrir la puerta de cromo y cristal y se apartó cuando Max tiró de Julia por las baldosas brillantes del vestíbulo hasta los ascensores.

Pulsó uno de los botones y la miró de arriba abajo mientras esperaban.

–Ni una palabra más hasta que estemos solos.

Ella asintió con rigidez, tiró de su codo y se apartó con calma el pelo rubio de la cara. Él miró su reflejo en la puerta del ascensor y, a pesar de todo lo demás que sentía, el deseo lo invadió con fuerza.

Llegó el ascensor y, una vez dentro, Max introdujo su tarjeta llave y pulsó el botón del único ático del edificio. Vivía en la cima del mundo, con una vista que cada vez que entraba en la estancia le recordaba que había triunfado. Estaba arriba. Todo el trabajo había valido la pena y había hecho realidad sus sueños.

En el ático, la puerta del ascensor se abrió en el vestíbulo. Tenía mil metros cuadrados de vivienda, pero Max vivía solo, con excepción de la asistenta que iba a diario y se marchaba por la tarde. Había probado el matrimonio una vez.

Y había aprendido la lección.

Una parte de esa lección era la razón por la que sabía que Julia le mentía.

Se hizo a un lado e invitó a Julia a entrar. Ella ya había estado allí, en su única noche juntos, y él había visto su fantasma todos los días desde entonces.

–¿Quieres una copa? –preguntó, y bajó los

dos escalones que llevaban a la sala de estar–. Oh, espera. Estás embarazada.

Ella se tomó unos segundos antes de preguntar:

–¿Tienes agua?

Él apretó los dientes, se sirvió un whisky y sacó una botella de agua mineral del frigorífico. Se acercó adonde estaba ella, al lado de los ventanales que se abrían desde el suelo hasta el techo y mostraban una vista increíble de la ciudad y del puerto.

–Había olvidado lo bonito que es esto –ella abrió la botella de agua.

A Max le gustaba. Ahora que Camille se había ido, estaba decorado en un estilo claramente masculino. Unas cuantas alfombras puntuaban el amplio suelo de roble. Sofás y sillones grandes se agrupaban en grupos de conversación que raramente se utilizaban. En una pared había una chimenea, con estanterías a cada lado llenas de libros.

–Es una vista preciosa –dijo ella.

–Sí. Ya lo dijiste la última vez que estuviste aquí –él tomó un trago de whisky y dejó que el líquido ardiente lo calentara por dentro.

Ella lo miró.

–No sé por qué has insistido en venir aquí. Ya te he dicho lo que tenía que decir.

–Ajá. Estás embarazada de mí.

–Así es.

–Eso es mentira.

La mano de ella se tensó en la botella de agua.

–¿Y por qué te iba a mentir?

–Eso es justamente lo que quiero saber –murmuró él–. La noche que estuvimos juntos me dijiste que acababas de salir de una relación larga. Y lo que me pregunto es por qué intentas hacer pasar su niño por mío.

Julia tomó otro sorbo de agua.

–Terry y yo llevábamos meses sin estar… juntos de ese modo antes de romper. Éramos sólo amigos.

–Demasiado civilizado para un sexo bueno, ¿no? No me extraña que vinieras a mí para una noche de diversión.

–Eso no fue así –argumentó ella, que se preguntaba por qué se había complicado tanto aquello. No había esperado que él se alegrara mucho de la noticia, pero tampoco que negara ser el padre–. Cuando nos conocimos, hubo una conexión entre nosotros. Yo la sentí y supongo que tú también. Una especie de…

–No lo conviertas en lo que no era, preciosa –Max levantó la mano y le acarició la mejilla con los dedos–. Los dos estábamos necesitados aquella noche y fue el mejor sexo que he tenido en mi vida. Pero no fue nada más. No había coros de ángeles cantando. Fue lo que fue.

Julia recibió aquellas palabras como una bofetada. Por eso precisamente no se le daban bien las relaciones sin sentido. Necesitaba sentir un vínculo con el hombre antes de acostarse con él. Y esa noche, arrastrada por el magnetismo de Max, se había convencido de que el vínculo existía. ¿Podía haberse equivocado tanto? ¿Podía haber confundido el hambre sexual con algo más?

¡Qué idiota era!

—Así que, sea lo que sea lo que te propones, no te saldrá bien —continuó él con suavidad. Dejó el whisky en una mesa de cristal y se acercó más a ella—. No sé lo que buscas, pero sé lo que necesitamos los dos. Lo que los dos queremos.

—No, te equivocas.

Max la abrazó con fuerza, hasta que ella notó la dureza de su pene presionado contra su cuerpo. Y entonces sus entrañas se convirtieron en fuego líquido.

El deseo se extendió entre sus muslos y la necesidad palpitante que recordaba de la única noche con él empezó a martillearle en las venas.

Max le acarició la espalda hasta que Julia tuvo la sensación de que no podía respirar. No podía concentrarse. No podía recordar que había sido su intención decirle que no. Decirle que ella no buscaba sexo sin compromiso.

Él la besó en los labios y se apartó para mirarla a los ojos con un deseo que encontró eco en lo más hondo de ella.

–Dilo ahora –susurró él–. Si vas a decir que no, dilo ahora y me pararé.

Ella sabía que debía decirlo, pero su cuerpo opinaba de otro modo. No había futuro con Max. No la creía y, para demostrarle que era el padre con una prueba de paternidad, tendría que esperar a que naciera el niño. Por lo tanto, no había modo de convencerlo. Si tuviera algo de sentido común, saldría de allí y se consolaría pensando que había hecho lo correcto. Le había dicho lo del niño y él podía elegir no creerla.

Pero no quería irse.

Quería otra noche.

La pedía a gritos cada centímetro de su cuerpo. Cada latido de su corazón volvía más desesperada su necesidad de él. Y eso la llevó a tomar otra decisión que seguramente la atormentaría más tarde.

–No digo que no –repuso.

Llevó las manos al pecho de él y Max subió también las palmas a los senos de ella, que acarició a través de la tela.

–Pues di que sí –exigió. Apretó los pechos con más fuerza, lo suficiente para que ella lo necesitara aún más.

–Sí, Max. Maldita sea, sí.

Los ojos de él brillaron un momento, victoriosos, y la besó en la boca de nuevo. En cuanto sus labios se tocaron, Julia cerró los ojos con un suspiro de rendición. La embargó una ola de calor, que recorrió sus venas electrificando todas las células de su cuerpo. La lengua de Max le separó los labios y ella la dejó entrar y la recibió con su lengua para formar juntas una danza erótica de expectativas.

Mientras la besaba, Max le desabrochaba los botones de la blusa. Tardó sólo segundos en abrirlos y quitarle la camisa, que dejó caer al suelo. A continuación le tocó al sujetador y le acarició los pechos. Sus dedos jugaban con los pezones y él no dejaba de besarla.

Acabó el beso con brusquedad y se inclinó a mordisquear primero un pezón y después el otro. Acarició los pechos con la lengua, los labios y los dientes y ella se sintió volar cada vez más arriba, aferrándose a la boca de él con la suya mientras miraba Manhattan extendido debajo de ellos, con las luces de la ciudad formando un caleidoscopio de colores.

—Más —susurró él contra su piel.

—Sí, Max, por favor, más.

Nunca se había sentido como se sentía con él. Aquel hombre era a su cuerpo lo que una cerilla encendida a un cartucho de dinamita. ¿Por qué era el único que podía provocarle sensaciones tan increíbles?

Él le desabrochó el botón y la cremallera de los pantalones y los bajó por las piernas, arrastrando consigo el minúsculo tanga de encaje. El aire fresco de la habitación le besó la piel y ella se estremeció. Pero no tenía frío. ¿Cómo iba a tener frío con las manos de Max en su cuerpo?

–Agárrate a mí –él se arrodilló ante ella y esperó a que las manos de la joven se posaran en sus hombros musculosos. Le levantó la pierna derecha, la apoyó en su espalda y levantó la vista hacia ella.

El deseo y la pasión brillaban en sus ojos y Julia se sintió atrapada en su mirada firme y observadora. Él acercó la boca a su pubis y Julia empezó a temblar. Separó con los dedos los rizos rubios pálidos y Julia dio un respingo y tomó aire con fuerza, como si temiera que fuera la última vez.

Pero lo soltó con la misma fuerza cuando la lengua de él rozó su piel más íntima. Max cerró los ojos, se apoyó en ella y empezó a torturarla gentilmente con caricias inteligentes y prolongadas. Julia se agarró a la camisa de él con todas sus fuerzas. Su equilibrio era precario, pero ni todo el dinero del mundo la habría convencido para que se moviera de allí.

Quería quedarse así para siempre. Tener la sensación de la boca de él en la piel, el calor de su lengua, el roce de su aliento y la caricia de sus dedos cuando él le introdujo primero uno y después otro.

–¡Max! –se tambaleó y él usó la mano libre para sujetarla y mantenerla en posición de modo que pudiera continuar con sus caricias.

Mientras sus dedos entraban y salían del cuerpo de ella, su boca proseguía con aquella tortura deliciosa. La llevaba casi hasta el límite y después se apartaba para mantenerla al borde del orgasmo, peligrosamente cerca del límite, pero siempre a un suspiro de distancia.

El cuerpo de Julia era una masa estremecida de necesidad y pasión. Se agarraba a él y movía las caderas lo mejor que podía. Abrió los ojos y lo miró acariciarla cada vez más rápido, hasta que ella se olvidó de respirar y sólo pudo pensar en el orgasmo, que estaba siempre justo fuera de su alcance.

–Max, por favor –susurró con voz rota–. Por favor. Ahora. Ahora.

La boca de él siguió acariciándola y los dedos siguieron entrando y saliendo de ella al mismo ritmo que la lengua. Y cuando Julia estuvo segura de que no podría resistirlo más, Max siguió acariciándola hasta que ella se olvidó de todo y el único punto en su universo fueron los hombros de él bajo sus manos.

Antes de que hubiera terminado de estremecerse, Max la tomó en brazos y la miró. Julia leyó en sus rasgos el control rígido que mantenía. Levantó una mano y le acarició la mejilla.

–Más. Te quiero dentro.

–Me tendrás –prometió él.

Cruzó la habitación y salió al pasillo, donde sus pasos resonaban como un latido frenético en el suelo de madera brillante.

Julia no podía apartar la vista de él. Miraba la línea fuerte de su mandíbula, el modo en que le caía el pelo oscuro por la frente y el brillo de sus ojos de color verde hierba. Su cuerpo volvía a desearlo.

El dormitorio era un espacio enorme, iluminado sólo por la luna y las luces de la ciudad que llegaban de abajo, En la pared opuesta a las ventanas había una cama lo bastante grande para acoger a seis personas. La colcha de seda granate estaba ya retirada y cuando Max la depositó sobre el colchón se sintió como rodeada de nubes.

Lo observó desnudarse con rapidez. Miró su pene duro y le cosquillearon las entrañas. Levantó los brazos y lo recibió en su interior, y cuando él la cubrió con su cuerpo, se regodeó en la sensación de sus pieles juntas. Sus cuerpos se movían uno contra el otro como si estuvieran hechos para eso y para nada más.

Las caricias y acometidas de él volvieron a llevarla al límite, inmersa en un mar de sensaciones demasiado numerosas para identificarlas todas. Ni siquiera lo intentó. En lugar de ello, se concentró en estar con él y, cuando Max se tumbó de espaldas y la colocó encima, Julia se dejó hacer de buen grado.

¿Cómo habían llegado a aquello? La única otra noche maravillosa con él había creado una vida. Vida en la que él no creía y que no le importaba. Una vida que ella estaba deseando cuidar.

Habían sido dos desconocidos y, en realidad, seguían siéndolo. Y sin embargo, allí en su habitación y en su cama, se sentía como si lo conociera desde siempre. Como si una parte de ella hubiera estado siempre esperando que él entrara en su vida. Como si su cuerpo lo reconociera.

Él le agarró los muslos. Sus labios se curvaron en una sonrisa perezosa y Julia no pudo resistir el impulso de inclinarse y besar aquella boca. Su pelo cayó a ambos lados de ellos, formando una cortina rubia suave y aislándolos del resto del mundo.

Sus bocas se encontraron, sus lenguas jugaron y sus alientos se mezclaron como si fueran uno. Como si aquello estuviera destinado a ocurrir. Pero antes de que pudiera pensar en eso, él le levantó las caderas y la guió despacio para colocarla de modo que pudiera penetrarla.

Julia se enderezó, arqueó la espalda y respiró hondo a medida que él la iba llenando lenta a inexorablemente. Su pene duro penetró en el calor de ella, que lo recibió en lo más profundo. Su recompensa fue ver los ojos de Max nublados por la pasión.

–Me toca –susurró ella. Y empezó a moverse. Balanceó las caderas, se retorció y arqueó la espalda. Subió y bajó las manos por su pecho y rozó los pezones con sus uñas cortas.

Él gimió y la miró a los ojos, como si en ese momento no hubiera nada en el mundo más importante que ella. Julia le sostuvo la mirada, levantó las manos y rodeó sus propios pechos con ellas.

Mientras él miraba, ella se acariciaba los pezones y disfrutaba de la mirada excitada de él. Ahora lo había atrapado en su red y a él no le quedaba más remedio que aceptar, sentir, seguir hasta el final ese viaje húmedo del placer.

Contemplando la mirada vidriosa de Max, la embargó una fuerza puramente femenina. Veía su deseo y sentía su pasión. Sonriendo, levantó los brazos en alto por encima de la cabeza, arqueó la espalda y lo cabalgó más fuerte y más rápido. Empezó a gemir en la penumbra. Las manos de él se aferraron con más fuerza a sus muslos, hasta que ella sintió la presión de cada uno de los dedos quemándole la piel.

Entonces él bajó una mano al punto en el que sus cuerpos se unían y le acarició el clítoris. Buscó el punto exacto y lo acarició mientras ella no dejaba de montarlo y, en cuestión de segundos, cambiaron las tornas y fue de nuevo Julia la que empezó a gritar avanzando sin aliento a la cima que los esperaba.

Mientras llegaba al clímax, oyó el grito ronco de él. Max la abrazó y la sostuvo con fuerza para frenar así su caída de vuelta a la tierra.

Capítulo Tres

Con Julia acurrucada a su lado, Max respiró tranquilo por primera vez en dos meses. Al fin la tenía donde quería que estuviera. No sabía lo que pretendía con el engaño del niño, pero, fuera lo que fuera, lo descubriría ahora que ella había vuelto a su cama, donde debía estar.

No era idiota. Sabía muy bien que ella había disfrutado tanto como él. ¿Qué sentido tenía, pues, mentir? ¿Qué podía buscar Julia con eso?

Se incorporó sobre un codo, la miró a los ojos y sonrió.

—¿Quieres decirme ahora que no te interesa una relación sexual?

Los grandes ojos azules de ella se achicaron perceptiblemente.

—Lo que yo he dicho es que no me interesa únicamente una relación sexual —dijo con calma.

—Creo que acabas de probar que es mentira. Y de un modo espectacular, o eso me ha parecido a mí.

Ella murmuró algo que Max no llegó a entender, se apartó y se levantó por el borde de la cama. Desnuda, conseguía que se le hiciera la boca agua. Era de constitución pequeña, casi frágil, pero en estaba en forma. Había fuerza en aquel cuerpo casi demasiado delgado y, cuando salió de la estancia en dirección a la sala, Max tuvo que admitir que la deseaba otra vez.

Saltó de la cama y la siguió sin que sus pies desnudos hicieran ruido en el suelo. La observó agacharse a recoger la ropa, apoyó un hombro en la jamba y la miró vestirse.

–¿A qué viene tanta prisa?

Ella lo miró y respiró hondo.

–No he venido aquí por esto.

–Puede que no, pero se te da muy bien. ¿Por qué no lo repetimos?

–Porque no tiene sentido –dijo ella. Se puso el tanga y después los pantalones.

–Has gritado –repuso él con una sonrisa de satisfacción–. Yo creo que el sentido es precisamente ése.

Julia hizo una mueca y se puso el sujetador rápidamente.

–Es imposible hablar contigo, ¿verdad?

–Si quieres hablar, hablaremos –contestó él.

Se acercó a ella, cómodo con su desnudez. Julia, sin embargo, parecía algo nerviosa por el hecho de que él continuara desnudo. Mejor. Era un hombre al que le gustaba saber que tenía ventaja sobre su oponente. Y aunque no sabía bien cómo podía describir su relación, «oponente» sí era una palabra apropiada allí.

–Puedes empezar con por qué intentas convencerme de que estás embarazada.

Ella lo miró a los ojos con determinación.

–Estoy embarazada –repuso–. Sólo te lo he dicho porque es lo correcto.

–Oh, te interesa hacer lo correcto, ¿verdad?

–Sinceramente –replicó ella–, me va interesando cada vez menos a medida que te oigo hablar.

Se puso la blusa blanca y, antes de que pudiera abrocharla, Max se acercó y le puso las manos en los hombros. La atrajo con fuerza hacia sí, la miró a los ojos y preguntó con calma:

–¿Qué es lo que pretendes en realidad?

Por un momento creyó ver decepción en sus ojos, pero enseguida pasó el momento y los ojos de ella volvieron a su tono azul desapasionado.

–Si no me crees, ¿por qué me voy a molestar en intentar convencerte?

Max empezó a tener dudas, pero las apartó sin merced. Lo que ella dijera no importaba; él ya sabía la verdad.

–Quiero saber por qué intentas esto –dijo.

–¿Qué?

–Se ha corrido la voz de que quería un heredero, ¿no es así? –él le clavó un instante los dedos en los hombros.

–No sé de qué me hablas.

–Por favor. Ambos sabemos que ese tipo de cotilleos son la razón de vivir de tu grupo social. Entre los ricos y mimados hay más cotilleos y rumores que en Hollywood.

Julia se soltó y Max le permitió apartarse. Ella se abrochó la blusa, se apartó el pelo de la cara y lo peinó con los dedos hasta que dejó de transmitir el mensaje de que acababa de revolcarse en la cama con su amante. Se volvió, tomó su bolso de donde lo había dejado antes y se puso los zapatos.

Sólo cuando se disponía a marcharse, se volvió de nuevo hacia él.

–Cree lo que quieras, pero te he dicho la verdad.

–Tal y como la ves tú, claro.

–¿No es eso lo que nos ocurre a todos?

Él frunció el ceño, pero la dejó salir y no intentó detenerla cuando entró en el ascensor.

–Soy una idiota –le dijo con un gemido Julia a Amanda una hora más tarde.

Apoyó la cabeza en el respaldo del sofá. El cuerpo le vibraba todavía por la sesión con Max y seguía dolida por la desconfianza de él. ¿Por qué tenía que asumir que le mentía cuando ni siquiera se molestaba en exigir una prueba de paternidad?

Cerró los ojos, volvió a abrirlos y miró a su alrededor. Se había construido un nido allí, un lugar donde se sentía cómoda. Feliz. Las paredes eran de un tono malva suave, las cortinas, blancas y el sofá y los sillones estaban tapizados de una tela de color marfil estampada con rosas. En ese apartamento, Julia había conseguido por fin hacerse un hogar.

Allí, en contraposición con los lugares en los que se había criado, no había nada frío, formal ni rígido. Allí siempre se había sentido a gusto… hasta esa noche. Y eso era culpa suya tanto como de Max.

Miró al techo y dijo con incredulidad:

—Me he ido directamente a la cama con él otra vez. Es como si me hipnotizara o algo así.

—¡Qué suerte! —exclamó Amanda.

—¿Suerte? —Julia movió la cabeza—. Es como una experiencia fuera del cuerpo o algo así, excepto porque yo estoy allí dentro de mi cuerpo. Simplemente, no tengo control sobre él —se cubrió los ojos con una mano—. ¡Por el amor de Dios! Ni siquiera hemos usado condón otra vez.

–Es un poco tarde para preocuparse por eso, ¿no te parece?

–No pienso. Ésa es la única verdad. Es como si me bloqueara el cerebro cuando me toca. No comprendo en absoluto lo que pasa.

–¿Y por qué intentar comprenderlo? –preguntó Amanda con un suspiro de envidia–. Disfrútalo y punto.

–Tú no me ayudas –Julia miró de hito en hito a su mejor amiga, que estaba sentada con las piernas cruzadas en un sillón, enfrente de ella.

–¿Y qué quieres que diga? –Amanda se echó a reír y hundió la cuchara en el recipiente de medio litro de helado de chocolate–. ¡Oh, muy mal, Julia! ¡Qué vergüenza! ¡Acostándote con hombres! –sonrió y movió la cabeza–. No pienso hacerlo.

–Pero él no cree lo del niño.

Amanda frunció el ceño, se inclinó y tomó el otro recipiente de helado, que ya estaba abierto y con una cucharilla clavada. Se lo pasó a Julia.

–Vale, eso es terrible. Debería haberte creído. Nunca he conocido a una persona tan sincera como tú.

Julia tomó un bocado de su helado de fresa, dejó que se disolviera lentamente en la lengua y dijo:

–Díselo a él. Ni siquiera se ha parado a pensarlo; me ha llamado mentirosa desde el principio.

–Y para vengarte por ese insulto, te has acostado con él –rió Amanda–. Así aprenderá la lección.

Julia hizo una mueca. Tomó un cojín rosa y se lo lanzó a su amiga.

–Ya te he dicho que soy idiota.

–La pregunta es… ¿ha valido la pena? –rió Amanda.

–¡Oh, Dios! –suspiró Julia–. Ese hombre tiene unos dedos mágicos. Y una boca mágica y un…

–Ya me hago una idea. Y siento mucha envidia –Amanda apuñaló su helado, tomó un buen pedazo y se lo comió.

Julia hizo un mohín. No debería hablar tanto de lo increíble que era el sexo con Max. No debía olvidar que Amanda estaba en su casa por lo mal que había terminado su última historia de amor.

–Perdóname –dijo con aire culpable.

–No tengo nada que perdonarte –contestó su amiga–. Es cierto que amé a un perdedor, pero eso ya se ha acabado. Estoy bien y muy contenta con mi helado de chocolate y con tus aventuras.

–Esas aventuras han terminado –musitó Julia con firmeza–. No puedo repetir eso con Max. El sexo no es suficiente.

–Hmm. A mí no me vas a convencer de eso en este momento.

–¿Es que no tengo ya bastantes problemas? –replicó Julia–. ¿Qué se supone que debo hacer?

Amanda dejó su helado en la mesa y miró a su amiga.

–Tú eres la única que puede decidir eso. Es tu hijo. Tu vida. ¿Qué quieres hacer tú?

La respuesta a esa pregunta era fácil y, a la vez, complicada. Quería tener el niño, pero le aterrorizaba lo que ocurriría en los próximos meses.

–Tú sabes que siempre he querido hijos –suspiró.

–Cierto.

–Pero esperaba estar casada antes.

–Naturalmente, pero las cosas no siempre van en orden.

–Quiero al niño –dijo Julia–. ¿Pero qué pasará cuando se entere la gente?

–Tesoro, no estamos en los años cincuenta. Los tiempos han cambiado.

–Los tiempos, puede, pero mi familia no. Ya conoces a mis padres.

Amanda se estremeció.

–Tienes razón. Ellos no van a dar una fiesta para celebrarlo precisamente, ¿verdad?

–Me temo que no.

Julia se imaginó aquella conversación con

sus padres y casi pudo sentir su desaprobación y su vergüenza. Les disgustaría profundamente lo que había hecho.

A sus padres sólo les interesaba el aspecto de las cosas. Si se enteraban de que su única hija estaba embarazada y soltera, harían lo que pudieran por convertir su vida en un infierno. No podían obligarla a abortar, por supuesto, pero la apartarían de sus vidas y, aunque no fueran ideales, ellos eran su única familia. ¿Podría soportar que le dieran de lado?

Apartó aquellos pensamientos de su mente.

—No se trata sólo de mis padres. ¿Y las organizaciones de caridad para las que recaudo fondos? ¿Crees que les va a gustar la parte de «madre soltera»?

—Tu familia lo superará –declaró Amanda con más certeza de la que Julia sentía–. Y lo demás, ya lidiarás con ello a su debido tiempo.

—Es más fácil decirlo que hacerlo.

—Si quieres ese niño, ¿qué otra opción tienes? –preguntó Amanda con lógica.

A la mañana siguiente, Julia seguía pensando en la pregunta de su amiga. Había pasado una noche plagada de pesadillas. Sentía todavía el pánico que había vivido en sueños corriendo por calles largas y oscuras, vacías de gente pero llenas de sombras. Llevaba a su hijo en brazos y el llanto del niño rebotaba en los edificios de ambos lados y hacía eco. La lluvia mojaba las calles y su mirada frenética no podía encontrar ni a una sola persona que la ayudara.

Que fuera su amiga.

Se estremeció, apartó de su mente los restos del sueño y rodeó la taza de té con las dos manos con la esperanza de que su calor le penetrara en los huesos. Achicó los ojos contra la luz brillante del sol que entraba por las ventanas y se dijo que los sueños no eran la realidad.

Además, aquello era ridículo y ella lo sabía. Tenía veintiocho años, era una universitaria con buenos ingresos, casa propia y un grupo selecto de buenos amigos. ¿Y qué si estaba embarazada sin haberse casado? ¿Qué importancia tenía eso? Muchas mujeres hacían lo mismo. ¿Por qué se empeñaba en hacer una montaña de un grano de arena?

–¿Tan cobarde eres? –se preguntó a sí misma.

Y tuvo miedo de la respuesta.

–Ha llegado el correo –Amanda entró en el comedor, dejó unos sobres sobre la mesa y se dirigió al dormitorio–. Dentro de una hora tengo una cita con una novia nerviosa. Su futura suegra intenta preparar la boda a su modo y la novia está a punto de salir corriendo –sonrió–. Será interesante.

Amanda trabajaba como planificadora de eventos y siempre estaba corriendo a reuniones con clientes, abastecedores y comités. Esa mañana llevaba un traje de chaqueta granate que le sentaba muy bien. Antes de alejarse, sonrió por encima del hombro:

–Avísame si hay algo para mí.

Julia examinó los sobres. Facturas, circulares, invitaciones a fiestas… Se detuvo cuando llegó a uno que no llevaba sello ni matasellos. Iba dirigido a Julia Prentice, pero no aparecía la dirección de la calle, sólo su nombre. Lo abrió con el ceño fruncido y sacó un papel.

Señorita Prentice, sé lo de su embarazo. Si no quiere que se entere todo el mundo, envíe un millón de dólares a esta cuenta de las Islas Caimán. Tiene una semana para hacerlo.

Debajo del mensaje aparecía un número de cuenta. ¿Una carta de chantaje? Julia apretó los puños. ¿Quién podía ser? ¿Alguien del edificio? ¿Alguien a quien consideraba un amigo? Amanda y Max eran los únicos que sabían lo de su embarazo aparte de ella. Max no la creía y Amanda jamás la traicionaría.

¿Cómo se había enterado esa persona? ¿Los

había oído alguien en el Park Café? Intentó concentrarse y recordar las caras de los demás clientes que había en el café la noche anterior, pero no pudo. Había estado demasiado inmersa en sus pensamientos, demasiado absorta en su mundo y en su situación para fijarse en los demás. Y después de que apareciera Max, ya sólo había tenido ojos para él.

—¡Oh, Dios!

Dejó la carta en la mesa y se llevó una mano a la boca, pues de pronto le costaba trabajo respirar. ¿Qué iba a hacer? No tenía ese dinero. Y no podía soportar la idea de que sus asuntos personales fueran objeto de murmuraciones y especulaciones.

—¿Qué pasa? —preguntó Amanda, y Julia levantó la vista hacia ella—. ¿Qué ha ocurrido?

Julia miró la carta y Amanda la tomó y la leyó.

—¡Maldita sea! ¿Quién puede hacer algo así? Pero eso no importa. ¿Qué vas a hacer tú?

—No lo sé.

—Deberías ir a la policía.

—¿Y de qué serviría eso? —ella sacudió la cabeza e intentó pensar con claridad, combatir el pánico que empezaba a dominarla. Le ardía el estómago, el corazón le latía con fuerza y sentía la boca seca.

—El chantaje es un delito.

—Ya lo sé. ¿Pero qué puede hacer la policía?

¿Encontrar al chantajista? ¿Y eso lo va a parar? De todos modos, se sabrá mi secreto.

–No será un secreto eternamente –le recordó Amanda con gentileza–. La gente se enterará de que estás embarazada. No es algo que puedas ocultar.

–Lo sé, pero se enterarán cuando yo esté preparada, no cuando un bastardo decida arrojarme a los lobos de las murmuraciones. No puedo permitir que mis padres se enteren por los periódicos. Y tampoco puedo decírselo todavía.

–¿Y qué vas a hacer?

Julia se levantó de la silla, caminó unos pasos y se volvió a mirar a su amiga.

–No puedo acudir a mis padres con esto y no puedo pagar al chantajista. En realidad, sólo puedo hacer una cosa: hablar con Max.

Max estaba sentado a su mesa intentando concentrarse en las actividades del día. El secreto de su éxito estaba en tomarle bien el pulso a Wall Street. Poseía una habilidad innata para ver por dónde iría el mercado. Para actuar antes de que los demás hubieran tenido tiempo de considerar la situación que tenían delante.

Su reputación era tal que sus consejos se aceptaban sin discutir y sus rivales lo observaban de cerca con la esperanza de adelantarse a él. Lo cual no había ocurrido todavía. Max disfrutaba con su trabajo. Disfrutaba siendo el mejor. Le gustaban los cambios bruscos, las subidas y bajadas del mercado y era feliz derrotándolo, haciendo que se inclinara ante sus caprichos.

Pero ese día no podía concentrarse. No podía lograr que le interesara el precio del petróleo ni de ninguna otra cosa de las que aparecían en la pantalla. Ese día sólo podía pensar en Julia.

No había podido dormir porque su cama olía a ella. Cerraba los ojos y sentía su cuerpo contra él. Su mente evocaba sin cesar una imagen tras otra de ella. De su pelo rubio revuelto, sus ojos suaves y grandes, brillantes de pasión. Su boca llena y exquisita.

Aquella maldita mujer no dejaba de atormentarlo.

Giró la silla para dar la espalda a la vista de Manhattan y pasó los ojos por su despacho. Era una estancia grande, de muebles negros, cromo y cristal. Una estancia que hablaba de éxitos y decía a las claras que Max Rolland era un hombre al que había que tomarse en serio. Con mucha cautela.

Su mundo era exactamente tal y como había soñado que sería. Tenía dinero. Tenía prestigio. Tenía a la ciudad en sus manos. Lo que no tenía era familia. Un hijo. Un heredero.

Se levantó de la silla de cuero negro y fue a servirse un café de la cafetera de plata situada en un mostrador del rincón. Tomó un sorbo sin dejar de pensar. Se había casado con Camille con la esperanza de construir la dinastía familiar que siempre había imaginado.

Ella procedía de muy buena familia y habría dado a sus hijos el pedigrí que merecían. Y él les habría dado lo que necesitaran para sobresalir en el mundo que quería traspasarles.

–Todo muy bien planeado –murmuró sombrío. Y recordó brevemente la expresión de Camille la última vez que la había visto.

Lo había mirado con lástima. Con disgusto. Y en la mente de Max resonaban aún sus últimas palabras.

–No puedes darme lo que quiero, Max. Un hijo. Por eso te dejo por alguien que pueda.

Max dejó el café en el mostrador, se metió ambas manos en los bolsillos y se balanceó hacia atrás en los tacones. Por eso estaba tan seguro de que Julia le mentía sobre su embarazo. Porque él ya sabía que no podía tener hijos. Era estéril. Había tenido que abandonar su sueño de construir un imperio familiar.

Llamaron con los nudillos a la puerta, que

se abrió a continuación. Su ayudante, Tom Doheny, asomó la cabeza.

—¿Señor Rolland? Hay una mujer que quiere verlo. La señorita Prentice. Dice que es urgente.

Max sonrió.

—Dile que pase.

Capítulo Cuatro

Cuando terminó de contárselo todo, Julia guardó silencio y miró a Max. No había podido mirarlo mientras le contaba lo de la carta de chantaje. No podía afrontarlo y decirle que no tenía dinero suficiente para pagar a la persona chantajista. Y no podía decidirse a hacer lo que había ido a hacer allí.

Pedir ayuda.

Ahora pasó la vista por el enorme despacho y la posó en él, apoyado en su mesa con las largas piernas estiradas ante sí y los pies cruzados a la altura de los tobillos. Respiró hondo y esperó. Pasaron unos segundos, medidos por los latidos fuertes de su corazón. Tenía la boca seca, nudos en el estómago y los ojos verdes fríos de Max no contribuían a lograr que se sintiera mejor.

Cuando el silencio se le hizo insoportable, lo rompió ella.

—¿Y bien? ¿No vas a decir nada?

Él se cruzó de brazos e inclinó la cabeza a un lado.

—¿Por qué me cuentas esto?

–Porque el niño también es tuyo –argumentó ella, que se dio cuenta de que no tenía que haber dicho eso en cuanto las palabras salieron de su boca.

–No empieces otra vez –él apretaba los labios de tal modo que era un milagro que saliera alguna palabra de su boca–. Vamos a ceñirnos a los hechos, ¿vale?

Se apartó de la mesa y empezó a caminar por la estancia.

Julia lo seguía con la vista. La luz del sol entraba apagada por los cristales tintados y los ruidos de la ciudad eran prácticamente inexistentes allí. Casi podía imaginarse que Max y ella eran las dos únicas personas en el mundo.

Lástima que no fueran amigos.

–Si no he entendido mal –dijo él–, estás embarazada y no quieres que se sepa todavía.

–Cierto –Julia respiró hondo–. Si esa persona cumple su amenaza… –se interrumpió, incapaz de poner voz a los miedos que la perseguían desde que había abierto el maldito sobre.

–Serás tema de las murmuraciones durante meses.

–Años –lo corrigió ella–. Mi hijo oiría los rumores y no puedo permitir que ocurra eso.

–Con el tiempo tendrás que afrontar ese problema de todos modos –señaló él.

–Se me ocurrirá algo –comentó ella, deseando convencerse a sí misma tanto como a Max–. Pero no puedo permitir que esto se haga público todavía.

–¿Y cuál es la razón por la que no acudes al padre de ese niño?

Ella lo miró de hito en hito. ¿De verdad pensaba que era capaz de quedarse embarazada de un hombre y decirle a otro que era el padre? Pero la sonrisa sardónica de él indicaba que eso era exactamente lo que pensaba.

–No quiere creerme –dijo.

–¡Ah! O sea que no soy el único hombre en tu vida que soporta mal las mentiras.

Ella recibió aquel comentario como una bofetada. ¿Cómo se le había ocurrido acudir a él? Se había metido intencionadamente en la guarida del león, le había pedido que abriera la boca y había metido la cabeza en ella para dejar que se la arrancara de un mordisco.

–¿Sabes qué? –murmuró–. Esto ha sido un error. Ahora lo comprendo. Olvida que he estado aquí.

Se volvió hacia la puerta, pero Max la detuvo antes de que pudiera llegar a ella. La agarró del brazo con firmeza. Aun así, ella intentó alcanzar el picaporte y, cuando no lo consiguió, lo miró con dureza.

–Suéltame.

–Me parece que no –él la giró hacia sí, la

llevó hasta el escritorio y la empujó con gentileza sobre uno de los sillones colocados delante–. No hemos terminado de hablar.

Ella echó atrás la cabeza para lanzarle otra mirada asesina.

–Oh, yo creo que ya hemos dicho todo lo que había que decir.

–Pues te equivocas –Max se sentó en el sillón al lado del de ella. Apoyó los codos en las rodillas y la miró a los ojos–. Lo que a mí me importa es por qué has acudido a mí.

Ella se enderezó en la silla. Levantó la barbilla, recurrió a la poca dignidad que le quedaba y se envolvió en ella como si fuera un manto.

–No tengo dinero suficiente para pagar a esa persona y he pensado que quizá podrías hacerme un préstamo –al ver que él no decía nada, se apresuró a añadir–: Te pagaré los intereses que consideres justos y…

–No.

Julia parpadeó.

–¿No?

–Pagar a un chantajista no es nunca buena idea –él se recostó en el sillón, colocó el pie derecho en la rodilla izquierda y tamborileó con los dedos en el brazo del sillón–. ¿Crees que esa persona se conformaría con un millón? No. Una vez que empezaras a pagar, te verías obligada a seguir pagando.

–¡Oh, santo cielo!

Julia se olvidó de mantener la postura perfecta y se hundió en el sillón. ¿Cómo había ocurrido aquello? ¿Quién estaba detrás de eso y por qué? ¿Qué había hecho ella para que la atacaran así? ¿Y qué iba a hacer?

–Tal y como yo lo veo –dijo Max con suavidad–, lo mejor es conseguir que no valga la pena contar tu secreto.

Julia lo miró.

–¿Cómo dices?

Los ojos verdes de él estaban entrecerrados, su mandíbula estaba rígida y la boca era poco más que una línea sombría. Aquél no era un hombre al que pudiera tomarse a la ligera. Era el hombre que había tomado Wall Street al asalto. Un guerrero de la época moderna que había destrozado a sus posibles competidores y dejado un montón de cadáveres financieros a su paso.

Era Max Rolland.

La fuerza imparable que había detrás de Empresas Rolland.

Y Julia tenía la clara impresión de que estaba a punto de enterarse de primera mano de lo que era tener a aquel hombre luchando a su lado.

–Lo único que tienes que hacer es casarte conmigo –dijo él.

La joven lo miró atónita. ¿De verdad había pronunciado aquellas palabras?

No podía estar segura. Era como si el mundo entero se hubiera parado de golpe. Jamás se le habría ocurrido esperar semejante proposición.

–¿Estás…? ¿Has di…? ¿Por qué…? –no era capaz de formar una frase coherente, lo cual no era buena señal.

Él le sonrió. Su sonrisa era fría y calculadora y no le llegaba a los ojos.

–¿Sorprendida?

–Ah, sí –admitió ella–. Yo diría que sí.

–Pues no deberías estarlo –Max se levantó, se acercó al mostrador y se sirvió una taza de café–. ¿Quieres?

–No, gracias.

–Cierto –él asintió para sí con una sonrisa–. No puedes tomar cafeína. No sé cómo te las arreglas.

–En este momento tengo preocupaciones más importantes. ¿Y por qué tenía que esperar una proposición de matrimonio? Tú ni siquiera crees que el niño sea tuyo.

Max tomó un sorbo de café y regresó al lado de ella.

–No, no me lo creo. Pero ésa ya no es la cuestión.

–¿Ah, no?

–Tú no puedes pagar el chantaje y yo no quiero pagarlo. Supongo que no quieres que tu familia se entere todavía del embarazo. ¿Es así?

Julia sentía escalofríos sólo con pensar en darles la noticia a sus padres. Una vez le habían retirado la palabra durante seis meses porque había salido brevemente con un músico.

Los Prentice no eran una familia media norteamericana. Sus padres y ella nunca habían estado muy unidos, lo cual hacía que se preguntara por qué le importaba tanto lo que pensaran de sus elecciones de vida. Pero aunque Margaret y Donald fueran fríos y poco cariñosos, eran la única familia que tenía. Y ahora menos que nunca podía permitirse perder el contacto con ese único hilo frágil de conexión.

–Sí –susurró. Agachó la cabeza porque no podía mirarlo a los ojos–. Tienes razón.

–Y el padre de la criatura ya no está en escena.

–Podríamos describirlo así –murmuró ella con sequedad.

–A mí me parece que la única opción que te queda es casarte conmigo. Si nos casamos, no habrá escándalo sobre el embarazo. El chantaje desaparece. Fin del problema.

–Y el comienzo de otro –replicó ella. Se levantó también porque se sentía en desventaja teniendo que echar la cabeza atrás para mirarlo–. Max, te agradezco mucho esa oferta inesperada de ayuda, ¿pero no crees que es ir demasiado lejos?

–¿Por qué? –él dejó la taza de café en el escritorio y le puso las manos en los hombros con gentileza pero con firmeza–. Tenemos mucha química juntos. Eso ya está demostrado.

–Pero el matrimonio…

–No tiene que ser para siempre –clarificó él–. Podemos ponerle un tiempo límite. Considéralo un matrimonio por un año. Mi abogado preparará el contrato y…

–¿Un año?

–Menos tiempo resultaría sospechoso, ¿no crees?

–Supongo que sí –se sentía como si una ola la estuviera arrastrando mar adentro y no tuviera suelo firme bajo los pies. No había nada a lo que agarrarse, ningún sitio al que volverse. Ningún lugar al que mirar que no fueran los ojos de él–. Pero sigo sin comprender por qué haces esto.

–Quiero un hijo. Un heredero –espetó, dio la vuelta a la mesa y miró los rascacielos de la gran ciudad que se extendían ante ellos–. No necesitas saber nada más –se giró hacia ella–. Me casaré contigo y reconoceré a tu hijo. Será mío legalmente y también por sentimientos. Tú firmarás papeles legales que atestigüen ese hecho.

–¿Y si es una niña?

Él pareció sobresaltarse… como si no hubiera considerado en absoluto aquella posibilidad.

–Da lo mismo. Niño o niña, el bebé es mío desde el momento en que nos casemos. ¿De acuerdo?

Ella no tenía ningún problema con aquello, pero no lo dijo. El bebé era suyo a pesar de lo que él creyera, así que no pondría obstáculos a firmar los documentos que le pidiera. Pero quedaba otra cuestión.

–Si nos casamos y queremos que parezca real, tendremos que vivir juntos.

–Naturalmente.

–Como marido y mujer.

–Por supuesto.

Volvió hasta ella sin dejar de mirarla a los ojos.

Julia sintió un calor repentino. La mirada de Max la afectaba como una caricia.

Cuando la tocó, casi temió estallar en llamas. Pero lo único que pasó fue más calor, que pasó desde las manos de él a sus hombros y de allí a toda su piel.

–Te trasladarás a mi casa. A mi cama. Por lo que a todos los demás respecta, estamos enamorados. Y cuando nos casemos –añadió con suavidad–, espero que me digas quién es el padre del niño. Tengo que saber lo que puedo esperar por ese lado, contra quién debo estar en guardia.

–Max…

Él la besó y Julia dejó de pensar. No podía

pensar con las sensaciones que la embargaban como un río de lava fundida. Todas las células de su cuerpo estaban vivas y despiertas y
pedían más a gritos.

Max le acarició la espalda y la estrechó con
tal fuerza que Julia pensó por un momento
que sus cuerpos se iban a fundir. Le echó los
brazos al cuello para sujetar su cabeza contra
la de ella y la boca de él en la suya. Él le separó
los labios con la lengua y ella suspiró de placer
y se entregó a la maravilla de todo aquello.

Y todo aquello sucedía mientras un pequeño rincón todavía racional de su mente ex-
ploraba aquella situación nueva. ¿Casarse con
Max no sería buscarse más problemas? ¿Se estaba metiendo a ciegas en una situación que
sólo conseguiría hacerla desgraciada? ¿Se estaba exponiendo a que le hicieran daño?

¿Pero tenía otra elección?

Max interrumpió el beso. No la soltó, simplemente levantó la cabeza y la miró.

–¿Y bien? ¿Qué me dices? ¿Nos casamos?

Julia miró sus ojos verdes. Vio el futuro ex-
tendiéndose desconocido ante ellos y comprendió que él era la mejor opción para su hijo
y para ella. No quería casarse con un hombre
que la consideraba capaz de mentirle en algo
tan personal e importante, pero si no se casaba
con Max y el chantajista cumplía su amenaza,
su hijo y ella serían víctimas de rumores mali-

ciosos durante años. Además, no se iba a casar con un desconocido, sino con el padre de su hijo.

Aquélla era su mejor opción. Se casaría con Max y encontraría el modo de convencerlo de que el bebé que llevaba dentro era suyo. Con esa idea en mente, se decidió por fin.

–Sí, Max. Nos casaremos.

–Excelente.

Volvió a besarla y el trato quedó sellado.

–¿Un acuerdo prematrimonial? ¿Te vas a casar? ¿Cuándo ha ocurrido?

Max miró a su abogado y amigo sentado frente a él a la mesa. Alexander Harper era un hombre alto, de pelo moreno y ojos oscuros. Parecía un hombre peligroso y Max apreciaba eso en un abogado.

–Es una decisión repentina –admitió, y tomó un sorbo del whisky de cincuenta años que tenía delante.

–Muy repentina, si quieres saber mi opinión –Alex levantó la mano para pedir a la camarera por señas un whisky como el de su amigo. Había llegado algo tarde a la comida de negocios y tenía que ponerse a la altura–. ¿Tú no juraste que no volverías a casarte después de lo que pasó con Camille?

Max asintió con el ceño fruncido.

–Esto es diferente.

Le contó lo que ocurría y su amigo movió la cabeza y dio las gracias a la camarera cuando llegó con el whisky. Levantó el vaso y tomó un sorbo.

–Eso no está tan mal. Julia Prentice es un buen partido.

Max ya lo sabía. Julia tenía aún más pedigrí que Camille. La familia Prentice era dinero viejo. Habían existido desde siempre y protegían su apellido con la tenacidad de una perrera de pit bulls. Se confesó a sí mismo que le gustaría ver la cara de los padres de Julia cuando ella les dijera que se iba a casar con él, un multimillonario hecho a sí mismo, hijo de un camionero y un ama de casa.

Paseó la vista por el pequeño restaurante de lujo. Sólo una docena de mesas ocupaban la habitación de paredes forradas de madera y esas mesas estaban cubiertas con manteles de lino de un blanco inmaculado. Los camareros llevaban pantalones negros y camisas blancas y se movían con eficiencia silenciosa. Las ventanas tintadas de oscuro daban a la Quinta Avenida y Max se distrajo un momento mirando la multitud de gente que circulaba por las aceras. La voz de Alex lo devolvió a la realidad.

–O sea, que no la crees en lo del bebé, pero te vas a casar con ella de todos modos.

–Más o menos es eso. Necesito que prepares un acuerdo prematrimonial y también un documento que establezca que soy el padre del bebé –cuanto más pensaba en aquella situación, más le gustaba. Iba a conseguir una compañera de cama capaz de prender fuego a sus sábanas y el hijo que tanto ansiaba. Por lo que a él respectaba, ganaba mucho con aquello. Y saber de antemano que la mujer con la que se iba a casar era una hermosa embustera le daba ventaja. Otra vez–. Lo quiero firmado ante notario y todo lo que haga falta. Pero lo quiero antes de la ceremonia.

–Todo es factible –Alex lo miró con dureza–. Pero dime una cosa. ¿Por qué te apresuras a descartar la posibilidad de que seas el padre?

Max frunció el ceño.

–Tú sabes por qué.

–Sí, Camille te dijo que tenía el resultado de los análisis y que tú no eras fértil.

Max hizo una mueca. Alex nunca había sido fan de Camille, pero eso no le daba derecho a cambiar los hechos.

–Yo vi los malditos resultados.

–Tú viste lo que Camille quiso que vieras.

Habían hablado de eso otras veces y Max no deseaba ir por ese camino.

–Oye, no quiero hablar de lo que ya es pasado, sólo necesito que te ocupes de estos detalles, ¿de acuerdo?

–Claro, Max –Alex se encogió de hombros–. Me ocuparé de todo. ¿Cuándo lo quieres?

–La boda es dentro de dos semanas.

Alex soltó un silbido.

–Tendré que darme prisa.

–Para eso cobras tanto, amigo mío –comentó Max con una sonrisa de satisfacción–. Y, ahora, vamos a comer. Tengo que recoger a Julia dentro de una hora para ir a la policía.

–Por lo menos eso sí me parece razonable –dijo Alex, tomando la carta–. ¿Con quién vais a hablar? ¿Tienes ya el nombre?

–Un tal inspector McGray –repuso Max–. Está al cargo de la investigación de la muerte de la mujer que vivía en el edificio de Julia. He pensado que, como el chantaje es en el mismo edificio, podemos ver a hombre que ya investiga lo que ocurre en el 721.

El inspector Arnold McGray parecía cansado.

Su pelo entrecano estaba revuelto y lucía ojeras profundas. Una barba de un día cubría su mandíbula y llevaba la corbata azul oscura aflojada sobre el cuello desabrochado de la camisa.

–A ver si lo he entendido –miró la libreta en la que había tomado notas mientras hablaba Julia–. ¿Le están haciendo chantaje y no tiene ni idea de quién puede estar detrás?

—Así es –Julia se puso tensa, pues se sentía incómoda en la pequeña comisaría.

A su alrededor había un montón de policías inclinados sobre sus mesas atestadas de carpetas, papeles y teléfonos que no dejaban de sonar. El ruido era ensordecedor. Un vagabundo sin techo cantaba en voz alta; una prostituta con un vestido rojo intentaba evitar una detención a cambio de favores sexuales y un joven barbudo agitaba las esposas que lo tenían sujeto a la silla.

Aquello estaba tan alejado de su mundo de todos los días, que Julia no sabía dónde mirar.

—¿Y cree que puede tener algo que ver con la muerte de Marie Endicott? –preguntó McGray por encima del ruido.

—¿Qué? –Julia negó con la cabeza y frunció el ceño–. No. Es decir, no lo sé. Es posible, supongo… –miró a Max, que estaba sentado a su lado.

Él no parecía intimidado por el lugar. Se notaba que era un hombre que se sentía seguro de sí en cualquier parte.

Max tomó el hilo de la conversación.

—Inspector McGray, la verdad es que mi prometida y yo no tenemos ni idea de quién puede estar detrás de este intento de chantaje. Yo he pensado que debíamos venir a hablar con usted por si puede estar relacionado con lo que sucede en el edificio de mi prometida.

Julia tenía que esforzarse por no mostrar una reacción visible cuando oía la palabra «prometida». Él la había usado dos veces, como si quisiera subrayársela a ella o al inspector. Se preguntó a cuál de los dos y ella misma se contestó que daba igual.

Ya había aceptado casarse con él. Y, aunque a una parte de ella le preocupaba lo que pudiera ocurrir, otra parte más cobarde agradecía el aplazamiento que le había ofrecido Max.

–Agradezco que me hayan contado esto –McGray se recostó en su vieja silla–. Y con franqueza, no me sorprendería que hubiera una conexión.

–¿De verdad? –preguntó Julia.

–Parece improbable que ocurran dos acontecimientos así en un par de semanas en un lugar donde no ha habido ningún problema en más de diez años y no estén relacionados.

–Eso mismo he pensado yo –Max extendió el brazo y apretó la mano de Julia.

–Bien, tengo todo lo que necesito por el momento –el inspector se puso en pie–. Lo investigaré y, si averiguo algo, me pondré en contacto.

Max se levantó a su vez y le tendió la mano. El inspector se la estrechó y Max le dio las gracias por todo. Tomó a Julia del brazo y la guió al exterior.

–¿De verdad crees que el chantajista tiene algo que ver con lo que le pasó a Marie Endicott? –preguntó Julia cuando estuvieron fuera.

Max cruzó la acera con ella y levantó la mano para parar un taxi.

–Mi instinto me dice que sí, que está relacionado.

–Entonces eso significa…

–No sabemos lo que significa –le advirtió él–. Pero sí. Tu chantajista podría estar mezclado en la muerte de esa mujer.

–¡Oh, Dios mío!

Julia no quería imaginarse a Marie suicidándose. Pero la idea de que hubiera un asesino en el 721 de Park Avenue resultaba aún más perturbadora.

Un escalofrío le subió por la columna y se estremeció a pesar del calor y la humedad que golpeaban con fuerza la ciudad.

Capítulo Cinco

Max miró el edificio del 721 de Park Avenue y echó atrás la cabeza para poder ver los catorce pisos enteros de la fachada de ladrillo. El edificio, una estructura anterior a la guerra, tenía un estilo clásico y estaba instalado en la esquina de Park Avenue con la calle Setenta como una anciana en un sillón cómodo.

La ciudad había crecido y cambiado a lo largo de los años, pero el viejo edificio permanecía igual, asentado en el corazón del trozo de suelo más caro de Estados Unidos. Políticos, famosos, ricos de siempre y nuevos ricos se instalaban en el Upper East Side de Nueva York. Y ese edificio era una de las joyas de la corona del barrio.

A su alrededor la ciudad vibraba con vida y energía. La gente caminaba por la acera y las bocinas de los coches producían una cacofonía de sonidos en la calle.

Max no hacía caso de nada de eso; tenía la vista fija en el tejado y pensaba en la mujer que había caído desde allí. Pensó después en el intento de chantaje a Julia y se preguntó qué narices pasaba allí. Estaba de acuerdo con el inspector con el que habían hablado el día anterior. Parecía altamente improbable que pudieran darse dos acontecimientos tan fuera de lo normal en menos de dos semanas y no estuvieran relacionados de algún modo.

Bajó la vista a la puerta de cristal que se abría al elegante vestíbulo del edificio. Vio que el conserje se acercaba a su mesa. Sonrió para sí, se acercó, abrió la puerta y entró en la quietud fresca del vestíbulo. La entrada del 721 era muy diferente a la de su casa y olía a elegancia vieja y a tiempos pasados.

El conserje levantó la vista hacia él.

—Buenas tardes. ¿En qué puedo ayudarlo?

Max se acercó al impresionante escritorio de caoba detrás del cual estaba el hombre. Echó un vistazo rápido a su alrededor y divisó los buzones de los residentes. Sonrió para sí. Tal y como pensaba, el conserje había tenido que ver a la persona que había introducido una nota de chantaje en el buzón de Julia.

En vez de contestar a su pregunta, Max le sonrió.

—Usted es Henry, ¿verdad?

El conserje pareció sorprendido.

—Sí, señor. Henry Brown.

—Mi prometida vive en este edificio —dijo Max, y notó que empezaba a resultarle más fácil decir la palabra «prometida»–. La señorita Prentice.

Los ojos de Henry mostraron una expresión de sorpresa, que desapareció enseguida.

–¿Viene a verla a ella? No está en casa en este momento, pero puedo entregarle un mensaje de su parte.

Max se preguntó si intentaba librarse de él.

–No. En realidad, vengo a hablar con usted.

–¿Conmigo?

Max se había esforzado a lo largo de los años en aprender a leer en la gente. Resultaba útil en las negociaciones y era muy valioso a la hora de conocer a clientes nuevos o socios potenciales de negocios. Y todos sus instintos le decían que Henry estaba nervioso. No lo mostraba claramente, por supuesto, y, de no haber estado atento a las señales, tal vez no lo hubiera visto.

Pero la mirada de Henry era furtiva y se deslizaba por el vestíbulo como si buscara una ayuda que no iba a llegar. La mano derecha estaba apretada en un puño sobre la mesa y los dedos de la mano izquierda tamborileaban sin descanso en una libreta que lucía el elegante membrete del 721 en la parte superior.

Max sonrió interiormente.

–Sí, Henry. Quiero que piense en los últimos días.

–¿En qué?

–¿Ha visto a alguien aquí que no debiera estar? –Max apoyó un brazo en la mesa–. ¿Alguien que pudiera meter un sobre en uno de los buzones?

Henry parpadeó como si saliera a la luz del sol desde las sombras. Abrió y cerró la boca un par de veces, tragó saliva con fuerza y movió la cabeza.

–No, señor, no he visto a nadie. Y no podría pasar nada así sin que yo lo viera. Estoy siempre en esta mesa. No puede entrar nadie que no deba.

–Yo he entrado –señaló Max.

Henry se humedeció el labio superior y respiró hondo.

–Lo que quiero decir es que nadie puede estar dentro sin hablar antes conmigo. Y a los buzones sólo se acercan el cartero y los habitantes.

–¿Está seguro de eso?

Henry levantó la barbilla y lo miró a los ojos.

–Segurísimo.

Max también estaba seguro de algo.

Henry mentía.

No podía demostrarlo, pero lo sabía. Y eso hizo que pensara qué era lo que estaba pasando en el 721. El edificio parecía tranquilo y digno, pero allí había cosas ocultas y a Max no le gustaba eso. No quería que Julia continuara allí. Había muerto una mujer y a ella la estaban chantajeando.

Algo muy raro pasaba en aquel edificio.

–¿Estás embarazada?

Julia se encogió al oír la voz aguda de su madre. Sabía que aquel encuentro no iba a ser fácil. No sólo tenía que dar a sus padres la noticia de su embarazo, sino también la de su boda inminente.

Su madre se levantó del sillón tapizado en brocado y seda que ocupaba y la miró desde arriba como si Julia fuera un insecto repelente. La joven no quiso pensar lo que habría sido aquella escena si no hubiera podido decirles que se iba a casar.

Quizá sus padres no se hubieran recuperado nunca del estigma de que su hija fuera madre soltera. Julia había sido una decepción para ellos toda su vida. Ella lo sabía. Sus padres se habían asegurado de que lo supiera. Y una parte de ella había intentado toda su vida hacer que se sintieran orgullosos. Conseguir que la quisieran. Pero, a pesar de sus esfuerzos, nada había cambiado.

Miró a su madre y no sintió nada. Ningún contacto. Ningún vínculo. Ningún asomo de lealtad familiar. Simplemente… nada. Por triste que resultara, Julia comprendió que aceptar eso era el primer paso para encontrar la paz. El primer paso para construir una familia propia. Un mundo propio, separado y apartado de las personas que le habían dado la vida.

–Sí –sonrió–. Así es. Y el padre de mi hijo y yo nos vamos a casar dentro de un par de semanas.

–Eso ya es algo, supongo –murmuró su padre desde otro sillón, mirándola de hito en hito–. Si os casáis con rapidez, nadie tendrá que saber el motivo.

Julia lo miró y vio que sus cejas grises estaban fruncidas en un ademán de disgusto que le resultaba muy familiar. No podía recordar ni una sola vez en su vida en la que su padre la hubiera abrazado y le hubiera dicho que era hermosa o que la amaba. Y era muy extraño estar sentada allí y comprender la triste verdad de su vida.

No tenía una familia. Tenía unos padres biológicos, pero nada más.

Y como sabía que jamás la aprobarían ni le darían el tipo de amor que había anhelado en otro tiempo, Julia era libre. Libre de decir lo que quisiera. Libre de decirles lo que sólo unos días atrás había temido decirles.

Se enderezó en la silla y cruzó los dedos en el regazo.

–La gente sabrá que voy a tener un hijo, padre.

–Con el tiempo –admitió él.

–Donald, me parece que no te has enterado –los interrumpió Margaret Prentice–. Esto nos convertirá en abuelos. ¡Por el amor de Dios! Yo no quiero que la gente piense que soy lo bastante mayor para ser abuela. Esto es un desastre.

–Gracias –murmuró Julia.

–No puedes hablarnos así –dijo su madre, con sus fríos ojos azules fijos en los de su hija–. Como mínimo, nos debes educación y respeto.

–Eso es una calle de dos direcciones, madre.

Margaret soltó una carcajada amarga.

–¿Respeto? ¿Esperas que te respetemos por ser tan tonta como para quedarte embarazada? Pides demasiado.

–Tener un hijo no es algo tonto –argumentó.

–Ni siquiera estás casada –repuso su padre.

–Lo estaré pronto –repuso ella.

Sentía que un fuego empezaba a arder en su interior. Durante años, siempre había guardado silencio en esas discusiones, había hecho lo que se esperaba de ella. Pero ya no. Le debía algo más a su bebé. Y se debía a sí misma algo más.

–¿Cómo has podido hacerme esto? –preguntó Margaret.

–Yo no te he hecho nada a ti, madre.

–Ninguna de mis amigas es abuela –dijo su madre con calor–. ¿Qué va a pensar la gente? ¿Cómo voy a mirar a mis amigas a la cara?

Se cruzó de brazos, pero no con tanta fuerza que arrugara la blusa de seda de color crema que llevaba a juego con pantalones de lino del color del trigo. Margaret llevaba el pelo corto, cortado con estilo y teñido de color rubio miel cada cuatro semanas. Su manicura era perfecta; iba bien maquillada y su rostro liso era un homenaje a los mejores cirujanos plásticos de la ciudad.

–Madre…

–A mí no me hables.

–Si hacemos una ceremonia privada, es posible… –musitó Donald Prentice más para sí que para los demás.

–¿Qué? –Margaret se volvió a su esposo como una cobra–. ¿Que nadie note que a Julia le crece el vientre? Te aseguro que sí se va a notar. Y mis amigas no me permitirán que olvide que soy abuela.

Era como si Julia no estuviera presente. Hablaban de ella y delante de ella como si no fuera su hija, sino una pariente lejana e irritante a la que no querían reconocer como familia.

A eso estaba acostumbrada. Se había habituado a no ser más que una molestia para las personas que más deberían haberla querido.

El único cariño que había conocido en la infancia se lo habían dado una sucesión de niñeras y, a medida que se hacía mayor, Julia había llegado a darse cuenta de que sus padres no habían querido tener hijos.

A los quince años, había oído a su madre contarle a una amiga que se había quedado embarazada accidentalmente y lo horroroso que había sido. Julia miró la sala de estar de la casa en la que había crecido y comprendió que nunca se había sentido cómoda allí. Nunca había tenido la sensación de estar en su hogar.

Y eso seguía siendo verdad. Las paredes eran de un blanco brillante, con sólo algunos cuadros abstractos que dieran un toque de color a la estancia fría. Los suelos eran de baldosas blancas y los sillones y sofás, tapizados en tonos sutiles de beige, habían sido diseñados teniendo en mente más el estilo que la comodidad. Hasta el olor de la casa era estéril, como si el aire hubiera muerto allí hacía tiempo y estuviera siendo reciclado por las personas que lo respiraban.

Margaret se frotó las sienes y miró a Julia de hito en hito.

—¿Y puedo preguntar quién es el padre de ese niño infortunado?

Julia se movió en el sillón y se llevó una mano al abdomen plano, como si así pudiera impedir que su niño oyera las palabras de sus abuelos.

–Se llama Max. Max Rolland.

Margaret frunció el ceño, aunque su frente demasiado tersa impidió que se notara.

–Rolland. Hum. No. Creo que no conozco a ningún Rolland. ¿Donald?

Julia esperó, sabedora de que esa noticia borraría por completo la furia de sus padres por el embarazo. Descubrir que su única hija se iba a casar con un hombre sin pedigrí anularía a sus ojos todo lo demás.

Curiosamente, ella estaba casi impaciente por ver su reacción.

–Max Rolland… –su padre repitió el nombre pensativo.

–¿Quién es su familia? –quiso saber Margaret.

–Sus padres han muerto –le dijo Julia.

–No he preguntado dónde están, sino quiénes eran.

–Yo conozco ese nombre –dijo su padre–. Pero no sé de qué.

–Max es de la parte norte del estado –contestó Julia a su madre. Sonrió y respiró hondo–. Creo que su padre era camionero y, su madre, ama de casa.

Margaret se llevó una mano al pecho y retrocedió tambaleándose como si le hubieran atravesado el cuerpo con una espada.

76

–¡Rolland! –Donald Prentice gritó el nombre y golpeó el brazo del sillón con el puño–. Ya sé de qué me suena. Es ese hombre que entró como un torbellino en Wall Street. Ha conseguido hacerse un nombre, pero…

–¿Un camionero? –gimió Margaret con suavidad. Se dejó caer en su sillón y se cubrió los ojos con la mano–. ¡Oh, santo cielo! ¿Cómo ha ocurrido esto?

Julia no le prestó la menor atención.

–Max es un triunfador –dijo–. Es… un buen hombre.

De eso no estaba tan segura, aunque creía que sólo un buen hombre la habría ayudado de aquel modo. Si no lo fuera, habría dejado que resolviera sus problemas sola o que se ahogara en su miseria.

–¿Una ama de casa? –Margaret susurraba las palabras como si temiera que la oyera alguien.

–La gente dice que es frío y despiadado –comentó Donald, aunque su esposa no lo escuchaba y Julia no quería oírlo–. Podría ser una gran fuerza en la ciudad si tuviera un buen apellido detrás.

–Le va muy bien sin ese apellido –argumentó Julia.

–No lo dudo –Donald frunció el ceño–. Pero hay límites a lo que un hombre como él puede lograr.

–¿Porque no es de sangre azul? –Julia se levantó y miró a sus padres por turno–. Eso es ridículo. Max Rolland es un hombre bueno y muy trabajador que ha hecho una fortuna en vez de haberla heredado.

–Exactamente –su padre movió la cabeza.

La luz del sol entraba por los ventanales y rebotaba en las paredes y los suelos blancos hasta que a Julia le dolieron los ojos debido a tanto brillo frío. ¿Por qué le había preocupado tanto contarles lo del niño a sus padres? ¿Por qué la había asustado tanto perder aquel débil hilo familiar?

La verdad era que nunca había tenido una familia que perder. Siempre había estado sola.

Hasta ahora.

Ahora tenía a su niño.

Y tenía a Max.

–No puedes decir en serio que te vas a casar con esa persona –intervino su madre.

–Me reafirmo más en ello a cada segundo que pasa –le aseguró Julia. Tomó su bolso y se lo echó al hombro.

–No hagas algo de lo que luego te arrepientas –le advirtió su padre.

–Eso ya lo he hecho, padre –le contestó Julia antes de volverse para marcharse–. He venido aquí esperando apoyo. No sé por qué exactamente, pero ya me arrepiento de esta visita.

Cruzó la estancia y bajó las escaleras. En el vestíbulo esperaba una doncella de uniforme para abrirle la puerta. Julia se volvió al oír que su madre la llamaba.

Margaret Prentice estaba de pie en la parte alta de las escaleras con el porte frío y distante de una reina.

—¿Qué quieres, madre?

—No pienses ni por un momento que tu padre y yo vamos a aprobar tu matrimonio con ese hombre. Si sigues adelante, vuelves la espalda a tu familia.

Julia sintió un pequeño nudo de miedo en la boca del estómago, pero respiró hondo y el nudo se deshizo. Y le pareció increíble que, precisamente entonces, la embargara aquella sensación de paz.

—Comprendo, madre. Adiós.

La puerta se cerró con firmeza detrás de ella.

Al día siguiente, Julia estaba demasiado ocupada para detenerse a pensar en sus padres. Tenía que planear la boda y organizar la mudanza.

—Será fantástica —dijo Amanda, cuando se instalaron en un par de sillones del Park Café. Abrió su maletín de piel y sacó una agenda gruesa—. Sé que Max quiere una boda rápida

–le guiñó un ojo a Julia–, pero eso no significa que no pueda ser fabulosa. Tengo los nombres de distintos caterings y quiero que veas una muestra de las flores en las que he pensado.

Julia tenía también que revisar notas, pero no tenían nada que ver con la boda. Estaba organizando un acto de recaudación de fondos para un albergue en Manhattan y todavía le faltaban un par de detalles.

–¿Por qué no eliges tú el catering? Te juro que últimamente no tengo apetito suficiente para pensar en comida.

Su amiga frunció el ceño y tomó un sorbo de su café con hielo. Fijó la mirada en Julia hasta que ésta se removió incómoda.

–No te has sentido bien desde que fuiste a ver a tu familia –dijo.

–¿Y te extraña?

Julia forzó una sonrisa y se dijo que todo iría bien. Tenía su trabajo, tenía a su hijo y pronto tendría mucho más: un esposo, un acuerdo prematrimonial y un contrato sobre el niño. Incluso tendría un montón de dudas.

–No, claro que no –dijo Amanda–. Sólo digo que se acerca la boda y que deberías prestar atención.

Julia cerró su carpeta y se recostó en el respaldo con un suspiro. El café estaba lleno a la hora de comer y el nivel de ruido era tal que se sentía bastante segura para hablar de lo que de verdad le preocupaba.

—No es ni la boda ni mis padres. Es que me iré a vivir con Max dentro de unos días —confesó.

Amanda se echó a reír.

—Tesoro, te vas a casar con él.

—Lo sé, lo sé —Julia frunció el ceño y se dijo que era una tonta—. Pero vivir con él es un poco…

—¿Emocionante?

—Yo iba a decir perturbador.

—¿Por qué?

—Por el modo en que nos vamos a casar. Y porque todavía no me cree en lo del niño.

—Porque es idiota. Eso ya lo hemos decidido —Amanda volvió a sus listas.

—Lo sé, ¿pero cómo voy a convencerlo de que es el padre?

—Quizá no puedas lograrlo hasta que nazca el niño. Entonces podéis hacer la prueba de paternidad.

—Y me quedan siete meses con un marido que piensa que soy una mentirosa.

Amanda cerró la agenda y tomó un trago de café.

—Sabes que yo estoy a tu lado pase lo que pase, ¿verdad?

—Por supuesto.

Amanda sonrió.

–Y sabes que me encanta la idea de que me dejes quedarme en tu apartamento cuando te mudes con Max.

–Lo sé.

–Pero… –Amanda se echó hacia delante y le dio una palmadita en la mano–, si tanto te preocupa esto, no lo hagas.

–¿Qué? –Julia la miró–. Tengo que hacerlo.

–No, no tienes. Ya has pasado lo peor. Se lo has dicho a tus padres.

–¿Y el chantaje? –Julia movió la cabeza despacio. Después de la actitud de sus padres, agradecía más que nunca el apoyo de Amanda, pero la verdad era que tenía que casarse con Max. Si no, su hijo sería objeto de murmuraciones maliciosas incluso antes de nacer. Y ella no permitiría eso–. Te lo agradezco, pero tengo que casarme con Max.

–Casarse por las razones equivocadas no es buena idea –dijo Amanda con suavidad.

–El matrimonio no es buena idea, sea por la razón que sea –dijo una voz profunda detrás de Julia.

Ésta se volvió hacia el hombre que la miraba desde arriba.

–Hola, Max.

Capítulo Seis

–Vale –Amanda tomó su café y se levantó en el acto–. Yo ya me largo.

–No tienes que irte por mí –Max se había sentado ya en el sofá, al lado de Julia.

–No, no me importa. Tengo muchas cosas que hacer –le dijo Amanda. Miró a Julia–. Hablaremos luego en casa, ¿vale?

–Claro, hasta luego –Julia vio salir a su amiga y volvió la cabeza para mirar a Max, que la observaba con atención.

–¿Tu amiga te ha convencido para que te eches atrás?

–Está preocupada por mí.

–¿Y tiene motivos?

Max le acarició el brazo con las yemas de los dedos y Julia sintió calor a través de la blusa, calor que empezó a fluir por sus venas.

–Buena pregunta.

Apartó el brazo, pues no podía pensar cuando él la tocaba.

–¿Hay una respuesta? –él se echó hacia atrás en el sillón.

–No lo sé, Max. Amanda es mi amiga. Sólo

busca apoyarme, hacerme saber que está a mi lado pase lo que pase.

—¿Y sabes lo que pasa? ¿El chantaje? ¿El embarazo?

—Sí.

Julia miró a su alrededor para ver si alguien los observaba. Si alguien los escuchaba. Estaba convencida de que la persona que estaba detrás del chantaje tenía que haberlos oído a Max y a ella allí. Pero cuando volvió de nuevo la vista, decidió olvidar esa preocupación. El chantaje ya había tenido lugar. ¿Qué más podía hacer esa persona?

—Se lo he contado todo.

—¿Incluido el nombre del padre de tu hijo? —preguntó él, achicando los ojos.

—Max…

Julia sintió irritación y combatió el impulso de darle una patada en la espinilla. Había sido siempre sincera. Había mantenido la fachada sofisticada que exigía la vida en la alta sociedad, pero nunca se había pasado de la raya y siempre había hecho lo que debía.

Y eso había desaparecido en cuanto conoció a Max. No sólo se había acostado con él de inmediato, sino que se había quedado embarazada. No sólo era objeto de chantaje, sino que se iba a casar con un hombre al que apenas conocía. Él era el padre de su hijo, pero no podía convencerlo de que no le mentía. Y ahora, la bien educada y siempre discreta Julia Prentice quería darle una patada en la espinilla y gritarle en público, y lo único que le impedía hacerlo era el poco autocontrol que le quedaba.

–¡Vaya! –musitó él en voz alta con regocijo–. Acabas de echarte una buena charla, ¿verdad?

–¿Qué?

Él se sentó más recto, colocó los codos en las rodillas y la miró a los ojos.

–Tu cara. Es tan fácil leerla que resulta ridículo. No se te da nada bien guardar secretos, ¿verdad?

–Pues no –murmuró ella, algo preocupada por lo fácilmente que podía leer en ella. Pero enseguida se dijo que no importaba, puesto que, aunque leía tan bien su cara, no creía lo que veía–. No soy buena mentirosa. Por eso no miento.

–¡Ajá!

A Max le habría gustado creerla, pero no le era posible. Los grandes ojos azules de ella parecían ver a través de él y se preguntó qué era lo que veía en él. Lo que había visto desde el principio que la había empujado a ir a pedirle ayuda cuando su mundo se desmoronaba a su alrededor.

Paseó la mirada por el café y comprobó que nadie les prestaba atención. Volvió la mirada a Julia y notó que se sentía incómoda en su presencia. Max creía saber por qué.

–Ayer fuiste a ver a tus padres, ¿no es así?

Los ojos de ella se oscurecieron un poco y Max supo que había acertado. Estaba dispuesto a apostar su imperio a que a los señores Prentice no les habían gustado mucho las noticias de su hija.

–Sí.

–¿Les contaste lo del embarazo?

–Sí –ella cruzó los pies por los tobillos y juntó las manos en el regazo–. No se alegraron mucho.

Él se echó a reír.

–Seguro que no.

–No –repitió ella.

Max no necesitaba que le explicara cómo había sido la conversación. Había visto a sus padres brevemente en una función social de la ciudad y no le habían parecido unas personas cálidas precisamente. De hecho, encontraba sorprendente que una mujer tan fogosa como Julia hubiera podido salir de personas tan increíblemente frías.

Curiosamente, al mirarla ahora y ver la aflicción que todavía nublaba sus ojos al oír mencionar a sus padres, Max decidió que le gustaría mucho hacerles una visita y decirles lo que pensaba de unos padres que no eran capaces de apoyar a su hija.

–A mi madre le preocupa mucho que la llamen abuela.

–Ella se lo pierde –dijo él con sequedad. Y se sintió recompensado al ver un destello de luz en los ojos de ella–. Mi madre habría estado en las nubes –prosiguió, porque quería volver a ver el destello.

–¿En serio?

Max sonrió. No pensaba a menudo en sus padres, porque los recuerdos sólo servían para que los echara aún más de menos. Pero ahora permitió que la imagen sonriente de su madre ocupara su mente.

–Oh, sí. Siempre me estaba dando la lata para que la hiciera abuela. La noticia la habría hecho muy feliz.

Julia sonrió con tristeza.

–Siento que no esté aquí para saber que vas a ser padre.

Él se puso tenso en el acto.

–Pero los dos sabemos que eso no es cierto, ¿verdad?

–Max, por favor, créeme –ella le tomó la mano y él sintió un calor que le subía por el brazo y se instalaba en su pecho.

Y como la sensación era muy fuerte, la combatió y se negó a dejarse vencer por ella. En lugar de ello, le apretó los dedos un instante y luego le soltó la mano.

–¿Qué han dicho tus padres de la boda?

Ella suspiró, comprendiendo que Max deseaba cambiar de tema.

–Bueno, esa noticia consiguió que dejaran de pensar en el embarazo.

Max soltó una carcajada y varias cabezas se volvieron a mirar. Él no hizo caso. Se inclinó hacia ella.

–Era de esperar, ¿verdad? ¿El hecho de que tenga mucho más dinero que tu padre no basta para compensar la falta de pedigrí?

–Para ellos, no.

–¿Pero a ti no te importa?

La observó. Si mentía en su respuesta, lo sabría. Y de pronto quería saber lo que pensaba. Sabía que se casaba con él porque creía que no tenía otra opción, pero necesitaba saber lo que pensaba de él. Lo que sentía de verdad.

–Pues claro que no –repuso ella. Y él supo instintivamente que era cierto. Una luz de enfado brilló un momento en los ojos de ella–. ¿De verdad piensas que soy tan superficial? ¿Te parezco alguien a quien le preocupe más la procedencia de una persona que la persona en sí?

Max la observó un momento; miró el color de sus mejillas y la luz combativa de sus ojos.

–No –contestó con voz baja y suave–. No me lo pareces.

–Bueno, eso ya es algo –murmuró ella–. Sigues pensando que soy una mentirosa, pero al menos no crees que sea elitista.

Él sonrió.

–¿Lo ves? Ya empezamos a llevarnos bien –Julia frunció el ceño–. Te lo hicieron pasar mal, ¿verdad? –preguntó él, dejando de sonreír.

–No peor de lo que esperaba.

–Siento que fuera duro para ti –dijo él, en reacción al dolor que veía en sus ojos.

–¿De verdad? –preguntó Julia.

–Pues claro que sí. Sentiría lástima de cualquier persona que hubiera tenido que crecer con esos dos osos polares.

Ella se puso rígida y Max admiró su postura instintivamente defensiva. Aunque sus padres y ella no estuvieran unidos, daba la impresión de que no iba a permitir que otros hablaran mal de ellos.

–No son malas personas –dijo, y Max se preguntó si intentaba convencerlo a él o a sí misma–. Simplemente, no deberían haber tenido hijos.

Max la observó de nuevo durante un minuto antes de declarar:

–Pues yo me alegro de que lo hicieran.

–¿De verdad? –ella movió la cabeza y sonrió–. ¿Por qué te vas a alegrar? Te vas a casar con una mujer a la que no amas y acceder a convertirte en padre de un niño que no crees haber engendrado.

–Me caso con mi amante –él bajó la voz hasta convertirla en un murmullo que sólo ella podía oír–. Una mujer que me pone a mil sólo con la mirada. Y voy a tener el heredero que quiero. Ya te dije que salgo ganando mucho con esto.

–No te comprendo –ella inclinó la cabeza a un lado, como si intentara tener una imagen mejor de él–. Te tomas esto muy a la ligera.

–No, no es cierto –le aseguró Max. Se acercó tanto a ella que pudo sentir su aliento en el rostro–. Créeme si te digo que me tomo esto muy en serio.

–¿Y si somos desgraciados juntos?

–No lo seremos.

–¿Cómo lo sabes?

–Porque te pienso tener en la cama todo el tiempo que pueda. Ya hemos demostrado que ahí nos llevamos bien.

–El matrimonio es algo más que sexo.

–Claro. También hay niños. Y eso ya lo tenemos cubierto.

–Max…

–Deja de intentar hacer esto más difícil de lo necesario –dijo él con firmeza.

No le permitiría cambiar de idea. No le iba a permitir que llegara a ponerse tan nerviosa que acabara por saltar y anularlo todo.

Se había metido en aquello por voluntad propia, sabiendo que podía ayudarla a ella y a sí mismo. Y ahora que habían alcanzado un acuerdo, podía admitir que quería ese matrimonio. La quería en su casa y en su cama. No tenía intención de permitirle anular ese trato.

–No lo hago –repuso ella–. Pero supongo que lo que pasa es que necesito saber que estamos haciendo lo correcto.

–¿Tienes el dinero para el chantajista? –preguntó él.

–No.

–¿Quieres decirles a tus padres que la boda se ha anulado pero el niño sigue en camino?

–No –ella se recostó en el sillón.

–Entonces, hacemos lo correcto.

–Que sea la única salida no implica que sea lo correcto.

–Piensas demasiado –dijo él–. La decisión está tomada. Olvídalo ya.

Ella lo miró a los ojos y su expresión resultaba aún más fácil de leer que de costumbre. Terca resignación. Bien. Por lo menos aceptaba que la boda iba a tener lugar.

–Oye –dijo Max con brusquedad–. Iba camino de una reunión cuando he pasado por delante y te he visto aquí sentada con Amanda. Sólo he entrado porque quería decirte algo.

No quería que ella supiera que había sido una decisión impulsiva. Que verla lo había afectado de tal modo que no había podido resistirse a entrar y hablar con ella.

–Muy bien. ¿De qué se trata?

–Mi abogado dice que tendrá los papeles listos para la firma mañana por la mañana.

–¿Tan pronto? –ella parecía algo nerviosa, y una parte de Max se alegró de ello. Esos pocos nervios le indicaban que no era una mujer fría y calculadora. Aunque, por otra parte, eso ya lo sabía él. Le mentía, cierto, pero estaba dispuesto a apostar a que ella no había planeado nada de aquello a propósito.

Miró su reloj y después a ella.

–Te recogeré a las nueve. Podemos ocuparnos de los papeles antes de que lleguen los de la mudanza a tu casa.

–Oh. Todavía no los he llamado.

–Ya está organizado –repuso él–. Irán a tu casa mañana a las once.

–¿Mañana? –Julia lo miró con fijeza–. Es demasiado pronto. No estoy preparada. Y, además, ¿no crees que puedo ocuparme de esto sola? No necesito que tú lo…

Él se inclinó y le dio un beso rápido en la boca, lo cual acabó con los argumentos de ella.

–No hace falta que me des las gracias –dijo; sonrió para hacerle saber que entendía bien su frustración.

–Max…

Él la interrumpió de nuevo.

–Tengo una reunión. Nos vemos mañana por la mañana.

Se levantó y salió sin mirar atrás. Aunque no era necesario. Sentía la mirada de ella clavada en la espalda como un cuchillo.

Julia golpeó con impaciencia el suelo de mármol con la punta del zapato mientras esperaba la llegada del ascensor. Seguía irritada con Max.

--Puedo cuidar de mí misma –murmuró–. Llevo años haciéndolo sin ayuda de nadie, muchas gracias.

Hizo un mohín y miró por encima del hombro para ver si la había oído el conserje. Pero Henry hablaba por el teléfono que tenía en la mesa y no le prestaba atención. Mejor. No necesitaba más hombres metiendo las narices en sus asuntos.

¿Acaso creía Max que podía reorganizarle la vida a su capricho? Si era así, aquel matrimonio temporal iba a empezar con muy mal piel. Miró los números de la parte superior del ascensor y vio que estaba subiendo, no bajando. Al parecer, lo habían llamado desde uno de los áticos.

Suspiró, cruzó el vestíbulo y se acercó a los buzones. Tenía tiempo para recoger el correo.

–¡Señorita Prentice! –la llamó Henry.

Julia abrió el buzón, sacó un montón de sobres y volvió a cerrarlo.

–¿Sí?

La luz del sol entraba por la puerta de cristal y formaba un rectángulo amplio en el mármol. Henry cruzó la luz y se detuvo a medio metro de ella.

–Quería decirle que, como ya le dije a su prometido…

Julia se preguntó si tendría tiempo de acostumbrarse a aquella palabra antes de que tuviera que empezar a acostumbrarse a la palabra «esposo».

–¿Max? ¿Ha hablado con Max?

–Sí, señorita –Henry inclinó la cabeza con nerviosismo; pero, por otra parte, Henry siempre parecía nervioso e intimidado con los habitantes del edificio.

–Me preguntó si había visto a alguien cerca de los buzones y le dije que no.

Julia miró los buzones y apretó con fuerza los sobres que tenía en la mano. A Max se le había ocurrido interrogar a Henry y a ella no. Y debería habérsele ocurrido. Aunque podía alegar en su defensa que el intento de chantaje la había alterado tanto que no había sido capaz de ponerse a investigarlo racionalmente. Aun así, pensándolo bien…

–¿Está seguro, Henry? –preguntó. Lo miró a los ojos hasta que él apartó la vista–. Una persona no tardaría mucho en echar una carta en uno de los buzones.

El conserje se encogió de hombros. Sonó el teléfono de su mesa y se sobresaltó como si hubiera oído un disparo.

–Estoy seguro. Es mi trabajo vigilar este vestíbulo.

–Sí, pero…

Henry se había girado ya y se dirigía al teléfono con el mismo ímpetu con el que habría ido un hombre que estuviera ahogándose hacia un salvavidas.

–721 de Park Avenue –dijo Henry, interrumpiéndola. Y se dedicó por entero a la persona que llamaba.

Se mantenía de espaldas y a Julia le resultó evidente que no pensaba dejar el teléfono hasta que ella se hubiera metido en el ascensor. Por alguna razón, Henry no quería seguir hablando de lo que había pasado. Eso no lo convertía necesariamente en culpable de nada. Lo único que hacía era poner de manifiesto lo nervioso que era el pobre hombre y aumentar la pequeña semilla de sospecha que había plantado Max contra él.

Julia movió la cabeza y volvió al ascensor con los tacones resonando musicalmente en el suelo. Cuando se abrió la puerta, salió Elizabeth Wellington y se detuvo en seco.

–Julia –dijo, con una sonrisa que no era lo bastante profunda para mostrar los hoyuelos de sus mejillas.

Julia sintió compasión por ella. Elizabeth había sido una mujer feliz y llena de vida hasta un año atrás. Ahora sus ojos verdes estaban tristes y su cabello de color caoba se veía revuelto, como si se hubiera estado pasando distraídamente las manos por él.

–Según los rumores del edificio, creo que hay que felicitarte –dijo Elizabeth–. Tanto por tu compromiso como por el embarazo.

Julia casi hizo una mueca. Ahora no sólo sentía compasión, sino también cierta culpabilidad. Ella había estado muy preocupada con su embarazo cuando la pobre Elizabeth se sentía desgraciada por sus problemas de infertilidad.

–Gracias –dijo.

Hablaba de corazón, pues sabía lo que le costaba a Elizabeth alegrarse por otra persona cuando tanto deseaba un niño propio. Abrazó a su amiga y se mordió el labio inferior cuando ésta la estrechó un momento con fuerza.

–Debes de estar muy contenta –le dijo.

–Lo estoy –repuso Julia, que deseaba que hubiera algo que pudiera hacer para que aquello le resultara menos doloroso a Elizabeth–. Y un poco abrumada. Todo está ocurriendo muy deprisa.

La guapa pelirroja le sonrió y enderezó los hombros.

–Disfrútalo. En serio. Procura sacar tiempo para disfrutar de cada minuto.

Julia volvió a sentir la compasión y el anhelo de poder disminuir el dolor que mostraban los ojos de su amiga. Pero había cosas que no podían arreglarse con un abrazo cálido y buenos deseos.

–Elizabeth… ¿quieres subir a tomar un té?

–No. No, gracias –la otra levantó la barbilla y forzó una sonrisa brillante–. Tengo que darme prisa. Voy a ver a una amiga y no quiero hacerla esperar.

–Claro –Julia sabía que Elizabeth intentaba retirarse apresuradamente. ¿Pero quién podía culparla?–. Aunque si alguna vez quieres que hablemos…

–Gracias. Te lo agradezco, de verdad. Pero estoy bien. Estamos bien. Me refiero a Reed y yo –respiró hondo y soltó el aire con fuerza–. Estoy diciendo tonterías, así que me voy a marchar –se alejó unos pasos, se detuvo y se volvió–. Recuerda lo que te he dicho y no olvides disfrutar de cada minuto, ¿vale?

A continuación, como si ya hubiera hablado demasiado, Elizabeth corrió por el vestíbulo y casi llegó antes que Henry a la puerta en su prisa por alejarse.

Julia entró en el ascensor y notó que el débil aroma del perfume de Elizabeth colgaba todavía en el aire. Cuando se cerró la puerta, pensó que no había justicia en la vida. Elizabeth deseaba un niño a toda costa y la imposibilidad de quedarse embarazada estaba destruyendo lentamente su felicidad. Y Julia se iba a casar con un hombre que no la amaba debido a un embarazo sorpresa.

Se llevó una mano al estómago y susurró:

—Pero no te lo tomes a mal, pequeñín. A mí me gustan las sorpresas.

Sonrió para sí, se apoyó en la pared del ascensor y escuchó el rumor del motor mientras ojeaba los sobres que llevaba en la mano. Los fue pasando hasta que llegó a uno que le resultaba familiar.

Abrió el sobre blanco en el que sólo aparecía su nombre. Extrajo el papel que había dentro y lo leyó con rapidez:

Felicidades por tu próximo matrimonio. Te has escapado. Por el momento.

Capítulo Siete

Cuando salieron del bufete de abogados, Max guió a Julia hasta la acera atestada. Los peatones pasaban deprisa a su alrededor, algunos de ellos claramente irritados por verse obligados a rodearlos cuando ellos simplemente estaban allí parados mirándose.

–Quiero que mis abogados lean los papeles antes de firmarlos –dijo ella por tercera vez desde que salieron del despacho de Alex–. Es lo más razonable.

–No tenemos mucho tiempo.

Max la tomó de la mano y tiró de ella por entre la gente. No se detuvo hasta que la espalda de ella estuvo apoyada en el mármol del edificio de oficinas, con el cuerpo de él protegiéndola de los peatones. Entonces bajó la vista hasta aquellos ojos azules que llevaban semanas atormentándolo.

Intentó leer sus pensamientos, pero, por alguna razón, ella parecía capaz ese día de ocultar lo que pensaba, cosa que a él le preocupaba.

–Ya has leído tú los papeles. Están muy claros. ¿Cuál es el problema?

—Me estás metiendo prisa —ella miró a ambos lados como para asegurarse de que nadie les prestaba atención—. No me gusta que me metan prisa.

Él se echó a reír.

—Eres tú la que tiene prisa —miró un instante el vientre todavía plano de ella—. Queremos casarnos antes de que se empiece a notar, ¿no?

Ella lo miró con chispas de rabia en los ojos.

—No voy a parir mañana, Max. Un par de días más no pueden suponer mucha diferencia.

Pero para él sí la suponían. Desde que habían optado por aquel curso de acción, Max estaba cada día más decidido a hacerla suya legalmente. No estaba dispuesto a examinar por qué; sólo sabía que la quería en su cama y en su casa. En su vida. Y no estaba dispuesto a darle la oportunidad de que cambiara de idea y saliera de su mundo con la misma ligereza con la que había entrado en él.

—¿Quién es tu abogado? —preguntó.

Ella le dio el nombre de uno de los mejores bufetes de la ciudad.

Max asintió con la cabeza.

—Iremos ahora mismo.

—Max, puedo ocuparme sola.

—No hay razón para que tengas que hacerlo —repuso él—. Además, querrás estar en tu casa cuando lleguen los de la mudanza.

–Eso es otra cosa –saltó ella; levantó la barbilla y achicó los ojos–. Yo no te pedí que llamaras a los de la mudanza.

–No hacía falta que me lo pidieras. Yo vi que había que hacerlo y lo hice. Fin de la historia.

–Para ti quizá sí.

Max se acercó más, pues la multitud se apretaba más detrás de él. Julia miró a su alrededor con nerviosismo, como buscando una vía de escape. Pero él no pensaba permitir que huyera. Bajó la cabeza hacia la de ella y la respiración de Julia se aceleró. El punto del pulso en la base de la garganta empezó a latir al ritmo de su corazón.

Max sonrió, disfrutando del efecto que causaba en ella, aunque al mismo tiempo tuviera que lidiar con la respuesta de su cuerpo a la proximidad de la joven. No le iba a resultar cómodo andar, pero no pensaba apartarse lo más mínimo, aunque ahora captaba el aroma de ella y eso ponía a prueba su autocontrol.

Julia llevó ambas manos al pecho de él y empujó, pero no consiguió moverlo ni un centímetro. Resopló con frustración.

–Sinceramente, Max; no puedes controlar mi vida de ese modo.

Él sonrió y le acarició la barbilla.

–¿Crees que eso es lo que intento hacer?

Ella le apartó la mano.

–¿No lo es?

–No –dijo él.

Hablaba en serio. Ella le gustaba tal y como era. Terca, con opiniones propias y una vena salvaje apenas contenida, que era la razón por la que se había permitido acostarse con él la primera noche que se conocieron.

Él había sabido que la deseaba desde el mismo momento en que la vio. Y las chispas entre ellos habían saltado con fuerza esa noche. Aun así, le había sorprendido que Julia Prentice, princesa de la buena sociedad, hubiera olvidado las normas del decoro, que sin duda le habían inculcado, lo suficiente para perderse en la pasión.

Esa noche había sido una revelación para él. Había visto más allá de la fachada que ella mostraba a la sociedad, a la mujer que había debajo de su ropa bien cortada y su comportamiento apropiado. Y ésa era la mujer que seguía atormentándolo. Era una mezcla curiosa de chica convencional y sirena desinhibida... y sólo tenía que acercarse a ella para excitarse y desear poseerla de nuevo.

No se arriesgaría a perderla ahora. Aunque el matrimonio en el que estaban a punto de entrar fuera a ser sólo temporal, tenía intención de sacar todo lo que pudiera de su tiempo juntos. La deseaba. Quería a su hijo. Lo quería todo.

Y Max Rolland siempre lograba lo que quería.

–Si no intentas controlarme, retrocede un poco, Max.

Él apoyó una mano en la pared de mármol, al lado de ella. La piedra fría empezaba a calentarse gracias al sol. De la calle llegaba una mezcla de olores: los tubos de escape de los coches, café y perritos calientes que se cocinaban en un puesto ambulante. Era una mañana en Nueva York y las vistas, los olores y los sonidos que los rodeaban eran como viejos amigos.

Max sonrió y la miró a los ojos.

–Retrocederé en cuanto estemos casados.

Ella frunció el ceño.

–¿Cómo sé que será cierto?

Él se encogió de hombros.

–Porque te lo digo yo.

–¡Oh! –ella puso los ojos en blanco–. Vale, eso lo cambia todo.

Él sonrió; disfrutaba del sarcasmo y también de las chispas que lanzaban todavía los ojos de Julia. Su matrimonio podría ser muchas cosas, pero no sería aburrido.

–Vamos a arreglar esto, ¿vale? Nos casamos, nos libramos del chantajista y… –se detuvo al ver que ella abría mucho los ojos y respiraba con fuerza–. ¿Qué sucede?

–El chantajista –dijo ella. Abrió el bolso largo y estrecho de piel marrón que llevaba bajo el brazo–. Quería decírtelo cuando llegaras esta mañana, pero te has puesto a dar órdenes y se me ha olvidado.

–¿El qué?

Julia sacó un sobre del bolso y se lo tendió.

–Esto estaba ayer en mi buzón.

Max se apartó de la pared, miró el sobre y lanzó una maldición cuando leyó la breve nota.

–Esto demuestra que la persona en cuestión está al tanto de lo que ocurre en el 721.

–Eso parece –repuso ella. Y esa vez, cuando lo miró, sus ojos no lanzaban chispas, sino que eran suaves, confusos y un poco preocupados–. Porque, ¿de qué otro modo iba a saber esa persona que me voy a casar y que ya no puede hacerme chantaje por ser madre soltera?

Max dobló la nota con cuidado y volvió a introducirla en el sobre, que guardó en el bolsillo de su chaqueta del traje.

–Tienes razón –dijo–. Esa persona recibe de algún modo información sobre ti. No hemos anunciado la boda, así que sólo puede haberse enterado si está relacionada con el 721. O vive allí o conoce a alguien que vive allí.

–Puede ser cualquiera –murmuró ella.

–Sí –Max miró a los peatones que pasaban como si esperara ver un rostro conocido entre ellos. Como no lo vio, apartó a Julia del edificio, le pasó una mano por los hombros y la atrajo hacia sí. La guió entre la multitud y se inclinó hacia ella.

—Cuando estemos casados, se acabarán las amenazas. Yo llevaré la nota la inspector McGray y tú...

—¿Sí? —ella alzó el rostro para mirarlo.

—Tú lleva los papeles al abogado, diles que los examinen rápidamente y luego dirige la mudanza. Cuanto antes te instales en mi casa, antes podrás dejar todo esto atrás.

Ella frunció el ceño, pero asintió con la cabeza.

—Muy bien. Odio admitir que tienes razón, pero la tienes. Por lo menos, en esto.

Max enarcó las cejas.

—Creo que acabo de ganar la guerra.

—La guerra no —repuso ella con una sonrisa renuente—. Sólo esta batalla.

—Por el momento, me conformo con eso —replicó él, disfrutando del dulce sabor de la victoria.

—No puedo creer que ya no estén tus cosas —comentó Amanda; hizo un círculo lento en el centro de la sala de estar—. Esto parece muy... vacío.

—Lo sé —suspiró Julia.

Se dejó caer en uno de los dos sillones que quedaban. Los mozos que había contratado Max habían sido muy diligentes. Habían ido por el piso empaquetando todo lo que ella les indicaba y después se habían ido a llevarlo al ático de Max. Julia había supervisado la mudanza, pero su presencia no había sido muy necesaria. En cuestión de unas pocas horas estaba todo hecho y ella había dejado de ser una habitante del 721 de Park Avenue.

Lo cual hacía que se sintiera rara. Le gustaba su piso. Tenía muchos recuerdos buenos allí. Ahora se marchaba para casarse con el padre de su hijo y prepararse para ser madre y se alejaba de todo lo conocido para entrar en un mundo nuevo.

Además, dejaba allí a Amanda, en el edificio donde había un chantajista suelto. Estaba algo preocupada por su amiga, aunque, cuando se lo hizo saber, Amanda se rió de ella.

–¡Oh, por favor! –dijo, poniéndose unos botines negros–. ¿Qué hay en mi pobre y lastimosa vida sin amor que pueda interesar a un chantajista que se precie?

–Vale, puede que tengas razón –Julia se echó hacia delante hasta quedar sentada en el borde del sillón y miró los ojos francos de su amiga–. ¿Pero y si Max acierta y ese chantajista tiene algo que ver con la muerte de Marie Endicott?

Amanda se quedó un momento inmóvil.

–Vale, ahí me has pillado. Pero no hay pruebas de que asesinaran a esa pobre mujer. Es igual de probable que se cayera o saltara.

–Lo sé, pero…

–Puede que tengas razón –anunció Amanda. Se incorporó y tiró de Julia para levantarla–. Pero no me voy a preocupar por algo que no puedo cambiar. Tendré cuidado, te lo prometo, así que no te preocupes. Pero no voy a estropear el placer de tener este maravilloso apartamento para mí sola con estúpidas preocupaciones que a lo mejor no tienen sentido.

Julia sonrió de mala gana. Si Amanda no estaba muy preocupada, no tenía sentido que ella intentara hacer que lo estuviera. Optó por bromear con ella.

–Vale, ya veo que me vas a echar terriblemente de menos. Te estás frotando las manos de alegría ante la idea de vivir sola.

–¡Oh, tesoro! –Amanda la abrazó con fiereza–. No era eso lo que quería decir. Por supuesto que te echaré de menos. ¿Quién se va a poner a comer helados conmigo y quién me va a escuchar quejarme de los pesados de mis clientes? ¿Y a quién le voy a robar, digo a tomar prestados, sus bolsos?

Julia movió la cabeza y se echó a reír.

–Vale, ya me has convencido de que me quieres.

–Pues sí, te quiero –Amanda se puso seria–.

Y no sólo por tus maravillosos bolsos y zapatos, aunque hay que tenerlos en cuenta. Te voy a echar mucho de menos ahora que te vas con Mad Max.

Julia rió con más fuerza.

—¿Mad Max?

Amanda se encogió de hombros.

—Yo lo llamo así. ¿Por qué no? Es un tipo duro, no uno de esos hombres de la buena sociedad tan fríos y educados... y es un poco arrogante, lo cual resulta muy sexy, ¿no te parece?

A Julia se lo parecía. Max exudaba sensualidad. Sólo tenía que entrar en la habitación y ella estaba más que dispuesta a buscar la superficie plana más próxima. Aunque esa mañana, apoyada en la pared del bufete de abogados, había deseado que la tomara allí mismo. Con multitud o sin ella. No necesitaba una superficie plana para nada. Sólo lo necesitaba a él.

Pero eso era algo que no pensaba confesarle a nadie.

—¡Hum! —murmuró. Miró a Amanda con malicia—. Hace una semana me advertías que no me casara con él.

—Bueno, ésa es mi responsabilidad como mejor amiga. Pero puesto que te vas a casar con él y es el padre de tu hijo, lo menos que podemos hacer es reconocer que es un placer para la vista.

–Eso es verdad –suspiró Julia–. Y para otras cosas también.

Amanda lanzó un gemido y se llevó una mano al corazón.

–Me estás matando. Recuerda que soy la amiga célibe, y no por elección.

–Lo recuerdo –sonrió Julia, que sabía que era Amanda la que había elegido no tener más relaciones después de que la última terminara mal.

–Vale, vale, ríete de mi dolor –Amanda tomó su bolso, lanzó a Julia el suyo y dijo–: Y ahora, para compensarme por mostrarte tan poco compasiva con mi falta de vida sexual, te vienes de compras conmigo.

Julia intentó escaquearse y miró con anhelo el sillón en el que había estado sentada.

–Amanda, estoy agotada…

–Nada que no puedan curar un batido y un dónut. Invito yo.

–En serio. Tengo que ir a casa de Max. Los mozos lo habrán descargado todo, pero tengo que terminar de organizar mis cosas y…

–Eso puedes hacerlo en cualquier momento –protestó Amanda, que tiraba ya de ella hacia la puerta–. ¿Cuántas veces vas a tener que ayudarme a comprar un sofá? Oh, y mesas. Y quizá un par de lámparas. ¿Y qué te parecen cortinas nuevas?

Julia la siguió con un gemido, sabedora de

que no había escapatoria. Nada la libraría de ir de compras con Amanda.

Cuando llegaron delante del ascensor en el descansillo, Amanda le iba prometiendo el batido para antes de las compras. Las dos se pararon y sonrieron a Carrie Gray, que también esperaba el ascensor.

A sus veintiséis años, Carrie tenía un maravilloso pelo castaño que llevaba recogido siempre en una coleta, unos ojos verdes grandes que escondía detrás de unas gafas y una figura por la que matarían muchas mujeres, casi siempre oculta por vaqueros anchos y camisas grandes. Carrie vivía en el 12B pero, en realidad, le cuidaba la casa al príncipe Sebastian Stone de Caspia. Pasaba casi todo el tiempo en el apartamento, trabajando en sus bocetos e intentando encontrar un empleo que le gustara.

Ese día, sin embargo, parecía agotada. Bostezó y luego se echó a reír.

—Perdón, perdón —dijo. Parpadeó rápidamente, como si intentara despertarse.

—¿Has trasnochado? —preguntó Amanda.

—No del modo al que seguramente te refieres, desgraciadamente.

Llegaron al vestíbulo, salieron y el ascensor se cerró detrás de ellas con un sonido suave. Henry estaba en su mesa, pero no les prestaba atención.

Amanda sonrió.

–¿Sigues teniendo problemas con las chicas de Trent?

Lo ojos de Carrie se iluminaron de furia, por lo que Julia adivinó que Amanda había acertado. Trent Tanford, heredero de un gran imperio de entretenimiento, era el típico playboy. Era demasiado guapo para su bien y las mujeres caían rendidas a sus pies. Por desgracia para Carrie, esas mujeres se pasaban la noche entrando y saliendo del edificio y, al parecer, la mayoría eran lo bastante despistadas o estaban lo bastante confusas para llamar a su timbre del apartamento 12B en lugar de al de Trent, en el 12C.

–Con sinceridad, chicas –Carrie bajó la voz para que no la oyera Henry–. La situación está fuera de control. Ese hombre tiene mujeres entrando y saliendo toda la noche. ¿Acaso es un conejo?

Amanda se echó a reír y Julia sonrió, a pesar de que Carrie parecía al límite de sus fuerzas.

–Anoche –Carrie movió la cabeza mientras hablaba– sonó el timbre a las tres de la mañana y una chica rubia que no sé si llegaría a la mayoría de edad, me sonrió como si yo fuera la doncella que la iba a llevar ante la presencia del dios del sexo. Y ya me habían despertado antes otras dos mujeres. Al parecer, Trent no consigue encontrar mujeres que sepan leer, pues ninguna sabe distinguir una B de una C. Así que tengo mucho sueño y muy poca paciencia.

–Oh, oh –murmuró Julia.

–Exacto. La rubia me dijo que era Laura Hunter, como si a mí me importara quién fuera –Carrie apretó los puños a los costados y respiró hondo–. Estaba ya muy harta y perdí la paciencia con esa cría. Le grité, le dije que se equivocaba de apartamento y que, si iba a echar un polvo con Trent, lo menos que podía hacer era apuntar bien la dirección y procurar no llamar a otros timbres en plena noche.

–Muy bien –la elogió Amanda.

–A mí me sentó bien, pero ella pareció sorprendida –dijo Carrie–. Pero la próxima vez que una de sus chicas llame a mi puerta, no lo voy a pagar con ella. Juro que iré a ver a Trent y le gritaré a él.

–Quizá deberías hacerlo –dijo Julia–. Puede que no sepa que sus chicas te están molestando.

Carrie la miró.

–¿De verdad crees que a Trent Tanford le preocupa que me molesten? No lo creo. A ese hombre sólo le interesa una cosa.

Amanda abrazó un momento a Carrie.

–¿Quieres venir a tomar un batido al Park Café? Te invito a un dónut.

Carrie soltó una risita.

–Gracias, pero en este momento sólo quiero varias horas de sueño ininterrumpido. En cuanto pueda, me meteré en la cama.

Cuando Amanda y Julia salían del edificio, ésta pensó que, ahora que iba a vivir con Max, ya no tendría más conversaciones improvisadas de ésas con sus amigas. No habría más encuentros en el ascensor ni más risas con Amanda comiendo galletas por la noche.

Por supuesto, vivir con Max tenía compensaciones de las que ella carecía ahora.

Por ejemplo, vivir con el hombre que amaba. Aunque sabía que él no le correspondía.

Capítulo Ocho

Julia empujó la pesada cómoda de caoba y consiguió moverla varios centímetros a lo largo del suelo de madera brillante. Se detuvo, resopló con impaciencia y miró la maldita cosa como si ésta se mostrara deliberadamente testaruda.

Estaba en el dormitorio principal y miró a su alrededor. Ahora era el cuarto de Max y ella. Se preguntó cómo sería dormirse a su lado todas las noches y despertar a su lado todas las mañanas. Sonrió para sí, pues pensó que, en una cama tan grande, tal vez ni siquiera notaran la presencia del otro.

Pero descartó aquel pensamiento en cuanto cruzó por su mente. Ella siempre era muy consciente de la presencia de Max, estuvieran donde estuvieran, y sabía que estar tumbada a su lado en aquella cama grande sería glorioso y terrible al mismo tiempo. Si no le hubiera importado Max, no habría consentido en casarse a pesar del rescate que él le ofrecía.

No sabía cómo había podido enamorarse tan deprisa de Max Rolland, pero había ocurrido y no había vuelta atrás. Julia suspiró y miró la cama cubierta por la colcha de seda roja. Y pensó si vivir con Max sin que él la amara no sería como morir un poco todos los días.

Su único recurso era no dejarle ver lo que sentía. Portarse como siempre delante de él. Y confiar en que él también llegara a amarla durante el año de su matrimonio temporal.

–¿Qué haces?

Julia se sobresaltó y se volvió con una mano en la garganta. Su futuro marido estaba en la puerta. El corazón le dio un vuelco y el estómago se le llenó de nudos.

–¡Me has asustado!

–Lo mismo digo –Max la miraba de hito en hito. Se acercó y la agarró por el brazo derecho. No prestó atención a la electricidad que recorría sus venas con sólo tocarla. No estaba dispuesto a dejarse distraer por el deseo–. Te he preguntado qué haces.

Ella se soltó y le dedicó la misma mirada de disgusto que había dirigido a la cómoda.

–¿Qué hago? Neurocirugía. ¿Y tú?

–Muy graciosa –dijo él, sin sonreír lo más mínimo.

Había llegado al ático un minuto atrás y había visto los cambios en su casa. En los sofás y sillones de la sala de estar había cojines de colores brillantes. Había revistas esparcidas por las mesitas de café y un par de zapatos de tacón de aguja en uno de los sofás.

Pero no le había hecho falta ver aquellas pistas físicas de la presencia de Julia, pues ya al salir del ascensor había sentido el cambio en la atmósfera. Hasta ese día, todas las noches cuando entraba en su casa vacía, se decía que eso era lo que quería. Privacidad. Espacio. Tiempo para pensar sin que nadie lo molestara con exigencias.

Pero Julia había cambiado eso por el simple hecho de mudarse al ático. Ahora había vida allí. Hasta el aire olía débilmente a su perfume. Las habitaciones parecían más cálidas y, el apartamento, más acogedor. Y descubrió que le gustaba, así que, naturalmente, había ido en busca de su futura esposa y la había encontrado en el dormitorio, empujando un mueble enorme.

–¿Estás loca? –señaló la cómoda con la mano extendida–. Esa cosa debe de pesar unos cien kilos por lo menos. ¿Qué haces intentando moverla tú?

Ella enarcó las cejas y se volvió a empujar de nuevo la cómoda como si él no hubiera hablado. Max apenas podía creerlo. No estaba acostumbrado a que no le hicieran caso. Y no le gustaba.

La apartó, la volvió hacia él y la agarró por los hombros.

—Estás embarazada, Julia. No deberías intentar mover muebles pesados ni hacer ningún tipo de esfuerzo.

Ella suspiró.

—No soy una inválida y el bebé está perfectamente.

—No vas a hacer esto –insistió él.

Para evitar más discusiones, se agachó, la tomó en brazos y la llevó a la cama, donde la dejó caer sobre el colchón. Ella rebotó un poco y lo miró con ojos entrecerrados.

—Max, soy perfectamente capaz de…

—¿Dónde quieres ponerla? –la interrumpió él.

Ella volvió a suspirar.

—Allí. Sólo unos treinta centímetros a tu izquierda.

Max gruñó algo sobre que las mujeres no podían dejar las cosas donde estaban y empujó la cómoda con la espalda.

—Ya está. ¿Contenta?

—Mucho.

Él puso los brazos en jarras.

—¿Por qué no has pedido a los mozos de la mudanza que hicieran eso?

—Porque entonces no se me ocurrió –ella se deslizó hacia el borde de la cama, arrastrando consigo la suntuosa colcha.

Cuando volvió a estar de pie, Max se acercó y la miró a los ojos.

—No quiero que levantes ni empujes cosas pesadas, ¿entendido?

Ella echó la cabeza a un lado.

—¿Estás preocupado de verdad?

Max frunció el ceño.

—Pues claro que sí. Vas a ser mi esposa. Llevas dentro al bebé que será mi heredero.

—¡Vaya! —musitó ella—. Eso es muy conmovedor.

El ceño de Max se hizo más profundo. ¿En la voz de Julia había decepción? ¿Qué había esperado que dijera? Mejor aún, ¿qué había querido que dijera?

—No quiero que me avasalles, Max. Soy mayorcita y puedo cuidarme sola.

—Estás embarazada.

—Sí —sonrió ella—. Lo sé.

—No permitiré que pongas en peligro al bebé o te pongas en peligro tú por caprichos ridículos.

—¿Ridículos?

—Así es —dijo él.

Se preguntó de dónde salía aquella vena sobreprotectora. Sólo sabía que, cuando la había visto moviendo un mueble que pesaba más del doble que ella, había sentido que se rompía algo en su interior.

—Si nos vamos a casar, Max…

—¿»Si»?

Ella no hizo caso a la interrupción.

–Si nos vamos a casar, más vale que te acostumbres a la idea de que no me gusta que me den órdenes.

–Pues es una lástima.

¿Por qué seguía vibrando con una amalgama de sentimientos que no quería admitir? ¿Y por qué narices desafiaba deliberadamente a una mujer que sabía muy bien que lucharía con todas sus fuerzas?

–Sí que lo es. Para ti –ella se acercó un paso a él, se apartó el pelo de la cara y levantó la barbilla para poder atravesarlo mejor con la mirada.

Max sabía que intentaba mostrarse firme, inamovible. Pero que lo condenaran si no encontraba el brillo de sus ojos tan sexy que quería tumbarla sobre la cama.

–Soy perfectamente capaz de cuidar de mí misma.

–Te vas a casar conmigo –repuso él con voz baja y dura–. Eso hace que sea responsabilidad mía cuidar de ti.

Ella sonrió un instante, pero la sonrisa no tenía nada de divertida.

–Hablas como un príncipe medieval o algo por el estilo.

–Eso puedo aceptarlo.

–Pues yo no.

–¿Tan difícil te resulta aceptar ayuda?

Ella resopló.

–La ayuda no me importa, Max –dijo con la vista fija en la de él–. Acudí a ti porque necesitaba ayuda y sabía instintivamente que tú no me defraudarías.

Max sintió una opresión en el pecho al oírla. En los negocios sabía que lo respetaban sus aliados y también sus competidores. Sabían que, cuando daba su palabra, podían confiar en ella. Pero en su vida personal lo habían golpeado con fuerza y por eso había decidido no ofrecer el tipo de compromiso que buscaban las mujeres.

Se había considerado frío, retraído y en paz consigo mismo. Sin embargo, esas pocas palabras de Julia significaban más de lo que quería admitir. La pared de hielo que rodeaba su corazón parecía resquebrajarse y algunos de los pedazos rotos le cortaban las entrañas. Pero, aunque sentía el dolor, una parte de su mente, todavía lógica, todavía combatiendo la atracción sexual que tiraba de él, le susurraba que Julia había acudido a él porque sabía que la ayudaría aunque estaba embarazada de otro hombre. Había ido a pedirle ayuda pero le había mentido para conseguirla. ¿Por qué? ¿Porque sabía que él respondería o porque pensaba que una princesa de la alta sociedad hacía así un favor a un hombre corriente?

¿Pero importaba eso?

Había conseguido lo que quería.

A ella. Y el heredero que ansiaba. Una parte de él se preguntaba todavía por el padre del bebé. Si volvería. Si cambiaría de idea y pediría derechos sobre el niño al que Max consideraba ya hijo suyo. Y si ese donante de esperma anónimo cambiaba de idea respecto al niño, ¿no querría también a Julia? ¿Quién narices no iba a querer a Julia?

La miró a los ojos y se dijo que no renunciaría nunca a ella. Jamás la dejaría volver con el hombre que la había dejado embarazada y sola. Ahora era suya. Y el bebé también.

Cuanto más cerca la tenía, más sentía la atracción que emanaba de ella. Una palabra resonaba una y otra vez en su mente. Julia Prentice sería su esposa. El hijo de ella sería su heredero. Y destruiría a todo el que intentara cambiar eso.

Sentía el cuerpo duro y la sangre espesa y caliente en las venas. Ya no podía pensar en nada que no fuera poseerla. En ahogarse en sus ojos, perderse en su cuerpo, rendirse a la increíble ola de calor y anhelo que lo embargaba siempre que la veía.

—El bebé y tú siempre podréis contar conmigo —dijo al fin, combatiendo el impulso de besarla y tumbarse con ella sobre la cama—. Y puesto que ahora soy el padre de ese bebé, no me voy a quedar parado viendo cómo lo pones en peligro y no decir nada.

–Yo jamás pondría en peligro a mi hijo –declaró ella.

–Lo sé –admitió Max.

Se preguntó en silencio de dónde procedía aquello. Por qué sólo con mirarla sentía el impulso de abrazarla y asegurarse de que estuviera sana y salva y, al mismo tiempo, también el de desnudarla y perderse en la gloria que era su cuerpo.

–¿Te vas a pasar siete meses dándome órdenes? –preguntó ella.

Max respiró hondo.

–Probablemente –confesó–. Oye, sé que no harías deliberadamente nada que os perjudicara al bebé o a ti. Pero no puedes hacer las mismas cosas que antes sin pararte a pensar en las posibles consecuencias.

Hubo un minuto de silencio cargado de sentimientos que ninguno de los dos estaba dispuesto a admitir. Pasaron los segundos y Max tuvo que reprimir el impulso de estrecharla en sus brazos. De besarla en la boca, desnudarla y perderse en la sensación de ella bajo sus manos.

–Tienes razón –dijo al fin Julia.

–Eso es algo que creía que no volvería a oír de tus labios –sonrió Max–. Creo que estamos viviendo un momento especial.

Julia soltó una risita.

–No te acostumbres –le advirtió.

Max levantó una mano, le acarició la mejilla y la miró a los ojos.

–Quizá ninguno de los dos debería acostumbrarse a esto

–¿Esto?

–A estar juntos.

–Pero lo estaremos –le recordó ella–. Al menos durante un año.

Él volvió a sonreír y le acarició la mejilla con las yemas de los dedos. Un año de Julia en su vida. En su casa, en su cama. ¿Importaba que le hubiera mentido para llegar a ese punto? No, no importaba. A él no. Le había mentido, pero lo había hecho por su hijo. Eso Max podía entenderlo. Incluso la admiraba por ello. Y eso la había llevado allí. A él.

–¿Entonces has decidido firmar los papeles? –preguntó.

–Sí –repuso ella–. Mi abogado los ha leído esta tarde y los he firmado. Están en la mesa del comedor.

Un nudo de tensión que él no era consciente de llevar dentro se disolvió y Max le acarició las sienes.

–Bien –dijo. Y oyó que su voz sonaba ronca–. Eso está bien. Entonces es oficial. Somos una pareja.

–Somos un trío –corrigió ella, y su sonrisa dio paso a una expresión de deseo mientras los dedos de él se deslizaban por su pelo.

–Corrección aceptada –susurró él; bajó la cabeza hacia ella–. Y tengo hambre.

–La cena está en el frigorífico –murmuró ella–. La ha dejado la asistenta y…

–Mi hambre no es de eso –dijo Max.

La besó en la boca. Empezó como un roce suave de los labios y luego se fue convirtiendo en algo más. Algo que descubrió que necesitaba desesperadamente.

Ella se apoyó en él y Max la atrajo hacia sí y la estrechó en sus brazos. La besó más intensamente, ahogándose en una sensación que se fue haciendo más compleja y abrumadora.

Le acarició la espalda sintiendo cada curva, definiendo cada línea. El sabor de ella lo atravesaba como un torbellino de algo tan poderoso que su mente guardó silencio, sus pensamientos se evaporaron y se entregó de pleno a ese momento.

Ella suspiró y a él se le aceleró el corazón. Julia se apoyó en él, le echó los brazos al cuello y todo rugió en el interior de Max. Interrumpió el beso para rozar con sus labios la barbilla de ella y cubrirle después la garganta de besos. Cuando llegó al punto donde latía el pulso en la base del cuello, saboreó allí la prueba del deseo de Julia, expresada en los latidos frenéticos de su corazón y en los suspiros entrecortados de su aliento.

Julia lanzó un gemido. El contacto de las

manos de Max era como el fuego. Echó atrás la cabeza y miró el techo sin verlo mientras la boca de Max se movía arriba y abajo por su cuello, dejando un rastro de besos calientes y urgentes. Él le deslizó las manos debajo de la camisa y se la sacó por la cabeza. La dejó caer al suelo y buscó el cierre del sujetador. Se lo quitó y se llenó las manos con sus pechos. Le rozó los pezones con los pulgares hasta que Julia empezó casi a gemir por las sensaciones que la embargaban.

Max retrocedió hasta que la parte de atrás de los muslos rozó la enorme cama. Sus ojos se encontraron. Julia no podía apartar la vista. No parecía que pudiera ver otra cosa que no fueran los ojos verdes de él observándola, devorándola.

El deseo la invadía y Julia se rindió a lo inevitable. Cuando él la tumbó en la cama, sintió el roce fresco de la seda en la piel desnuda. Levantó las caderas y Max le desabrochó el pantalón, le bajó la cremallera y se lo quitó. Ahora sólo llevaba un tanga rosa de encaje, que no tardó en desaparecer también. Desnuda, hambrienta de él, lo observó desnudarse a su vez sin dejar de mirarla.

–Te deseo –susurró él, cuando se reunió con ella en la cama–. Te deseo siempre. Es como fuego en la sangre. Nunca se sacia, nunca queda satisfecho, siempre está ardiendo.

–Lo sé –Julia se abrazó a él y lo besó en la boca–. Conozco esa sensación. Para mí nunca había sido así. Sólo contigo.

–Sólo conmigo –repitió él.

La besó un instante en los labios y fue bajando luego por su cuerpo, depositando besos en su piel. Prestó atención a cada uno de sus pezones y siguió hacia abajo, hasta que Julia empezó a retorcerse bajo él, impaciente por lo que sabía que se acercaba, lo que deseaba desesperadamente.

Él se arrodilló entre sus muslos, le puso las manos bajo las nalgas y la levantó hasta que las piernas de ella colgaron libres y ella estuvo indefensa en su abrazo.

–Max… –tragó saliva con fuerza y contuvo el aliento.

–Quiero saborearte –susurró él. Inclinó la cabeza hasta el núcleo de ella y pasó la lengua una y otra vez por aquel punto tan sensible.

Continuó la caricia como una suave tortura. Ella movió las caderas y se agarró con todas sus fuerzas a la colcha de seda que tenía debajo. El mundo parecía tambalearse a su alrededor, girando descontrolado, y todo era debido al hombre que la acariciaba de un modo tan íntimo.

Él la fue llevando cada vez más arriba y Julia luchó por respirar. Luchó por llegar a la cima a la que él quería llevarla. La invadió la tensión hasta que fue incapaz de pensar, hasta que no pudo respirar, sólo sentir. Cuando llegó el clímax, se balanceó indefensa en brazos de él, cabalgando una ola de placer que parecía prolongarse eternamente.

–Max…

–Todavía no ha terminado –le prometió él.

Le dio la vuelta en la cama y la colocó boca abajo sobre la colcha. Ella volvió la cabeza a un lado para ver cómo le acariciaba él la espalda hasta que al fin dejó descansar las manos en sus caderas.

La levantó hasta que estuvo de rodillas y Julia sintió una oleada nueva de deseo. Increíble. No había dejado de temblar por el último clímax y ya su cuerpo pedía otro. Pedía la sensación del cuerpo de él en el suyo, la sensación de que Max la llenara.

–Tómame, Max –susurró, arqueando la espalda y ofreciéndose a él–. Te quiero dentro de mí.

Él se situó detrás de ella, que sintió su fuerza cálida rodeándola. Max inclinó su cuerpo sobre el de ella y la penetró.

Julia gritó su nombre y empujó hacia atrás para recibir sus embestidas e introducirlo cada vez más en su cuerpo. Una y otra vez, él se retiraba y entraba, reclamando, con cada embestida lenta, más parte de su corazón y de su alma.

Deslizó una mano debajo de ella y le tomó

los pechos mientras la excitaba cada vez más. Ella se movía con él, adorando la sensación del cuerpo fuerte y duro de Max cubriendo el suyo, llenándola. Se entregó a la maravilla de aquello y, cuando su cuerpo explotó en puntos brillantes de placer, dejó de respirar hasta que sintió que él se reunía con ella en aquel tobogán dichoso.

Capítulo Nueve

En los días siguientes entraron en una especie de rutina. Con la boda tan cerca, había muchos detalles pendientes y a Max le sorprendió la facilidad con la que Julia se ocupaba de todo.

El lunes tuvo una prueba para el vestido de novia.

El martes llevó a Max al catering que les había recomendado Amanda.

El miércoles visitaron tres floristas con Amanda hasta que tomaron una decisión.

El jueves se reunieron con el juez que llevaría a cabo la ceremonia para comentar con él lo que sería un servicio civil breve.

Y el viernes tenían que asistir a un baile de caridad para el Albergue Midtown, una de las organizaciones para las que Julia recaudaba fondos.

Max odiaba ir de esmoquin.

Siempre le hacía sentirse como un fraude. Miraba el salón lleno de estrellas resplandecientes de la buena sociedad, reunidas allí únicamente para ser admiradas por el dinero que donaban, y se sentía como lo que era. Un chico normal y corriente.

No parecía importar que tuviera más dinero que la mayoría de los asistentes. Ni importaba que hubiera trabajado más de una década para hacer de su empresa una de las instituciones financieras de crecimiento más rápido del país. No importaba que fuera a casarse pronto con la descendiente de una de las familias más antiguas de Nueva York.

Porque en esas reuniones, siempre se sentía mirado de soslayo. Esa gente podía necesitar sus consejos financieros, pero no lo consideraban uno de ellos. Y nunca lo harían.

Normalmente, en ese tipo de funciones sociales, Max hacía la ronda, hablaba con algunas personas, entregaba su donativo y se marchaba, casi siempre con una belleza brillante y superficial del brazo. Pero esa noche todo era diferente.

Miró a Julia, que estaba en el otro lado del salón, y su cuerpo se endureció de inmediato. Ella llevaba un vestido azul bastante escotado por delante y tan abierto en la espalda que casi se podía ver la parte superior del trasero. El pelo iba recogido en la parte alta de la cabeza en una masa de rizos y sus ojos azules brillaban de alegría.

Había trabajado muy duro para lograr aquello y Max la admiraba enormemente por eso.

La siguió con la mirada entre la multitud. Una sonrisa aquí, un leve roce en el hombro allí, una frase y una risa con un hombre mayor y volvía a moverse, pasando entre la multitud, con el tono turquesa de su vestido atrapando las luces y haciéndola resplandecer entre los demás.

A su alrededor, el rumor de conversaciones subía y bajaba como las olas del mar. El aire olía a perfume caro y a los ramos de rosas que decoraban las paredes. En un extremo del gran salón afinaba una orquesta y en el otro había un bufé increíble. Los camareros se movían entre la gente con bandejas cargadas de copas de champán, pero Max apenas se fijaba en todo eso.

Su mirada era sólo para Julia. Ella era parte de aquella multitud como él no lo sería nunca. Ella pertenecía a aquello. Pero también le pertenecía a él.

—No mires —dijo una voz profunda a su lado—, pero se te cae la baba.

Max soltó una risita, miró un instante a su amigo y volvió los ojos de nuevo a Julia, que seguía con su paseo entre la gente.

—Alex, no sabía que estarías aquí.

—Oh, sí. Asisto a estas cosas de vez en cuando.

—Me sorprende que dejes de trabajar alguna vez —Max sabía muy bien que la devoción de su amigo por el trabajo podía rivalizar con la suya propia.

—Créeme, esto es trabajo —contestó Alex. Aceptó una copa de champán a un camarero que pasaba y tomó un sorbo—. ¿Tienes idea de lo aburrido que es escuchar a algunas de esas personas?

—Sí —Max achicó los ojos. Julia se había parado al lado de un hombre alto y rubio que parecía que acabara de salir de la portada de *GQ*.

—De todos modos, a veces hay que tomarse la molestia de ver a clientes en eventos sociales.

—Ajá —¿era necesario que Julia posara la mano en el brazo dé aquel hombre?

—Los clientes esperan un tratamiento personal también fuera del despacho.

—Claro —ella sonreía ahora y se adelantaba hacia el rubio para que le besara la mejilla. ¿Que narices pasaba allí?

—Y a veces los clientes quieren que entrene a sus camellos para que hagan un número de funambulismo en el circo.

—Sí, lo sé —¿la besaba en ambas mejillas? ¿Quién era aquel hombre?

Alex soltó una carcajada y le dio una palmada en el hombro.

—Te ha dado fuerte, ¿verdad?

—¿Eh? ¿Qué? —Max apartó la vista de Julia y lo miró—. ¿Qué has dicho de camellos?

–Nada –Alex movió la cabeza y le quitó la copa de champán–. Está empezando la música. ¿Por qué no vas con esa mujer antes de que te estalle una vena en la cabeza?

Max se metió las manos en los bolsillos del pantalón con una mueca.

–No sé de qué me hablas.

–Claro que no –rió Alex–. ¡Por el amor de Dios, Max! Si las miradas mataran, ese tipo estaría ya a dos metros bajo tierra.

–¿Quién narices es?

–¿Qué más da? No está prometida con él. Se va a casar contigo. Deja de preocuparte y sácala a bailar.

–¿Desde cuándo te dedicas a dar consejos sobre mujeres?

Alex se echó a reír de nuevo.

–Yo siempre estoy dispuesto a dar consejos. Lo que no me gusta es recibirlos.

Se alejó y Max volvió a mirar a la mujer que lo volvía loco. El rubio seguía estando demasiado cerca y Julia parecía disfrutar hablando con él. Quizá Alex tuviera razón. Tal vez fuera hora de recordarles a Julia y a su amigo que había ido allí con él.

Se abrió paso entre la multitud hasta llegar a su lado y sintió placer cuando Julia le sonrió e inmediatamente lo tomó del brazo.

–Max, hola. Le estaba hablando de ti a Trevor.

–¿Ah, sí? –su voz sonó más dura de lo que era su intención y la expresión preocupada de Julia lo impulsó a tenderle la mano a Trevor–. Max Rolland.

El otro le estrechó la mano.

–Trevor Swift. Tengo entendido que se impone una felicitación –sonrió a Julia–. Te llevas una mujer muy especial.

Max atrajo a Julia hacia sí.

–Yo también lo creo. ¿De qué os conocéis vosotros?

–Oh, nuestras familias han sido amigas desde hace años –repuso ella.

–Sí. Julia y yo nos escapábamos juntos de nuestros padres siempre que podíamos.

–¿En serio?

Max miró los ojos del hombre que le sonreía y sintió una punzada aguda de algo inesperado. Algo que no reconocía. Celos. Trevor y Julia habían crecido juntos en el mismo círculo social. Y no le gustaba que aquel hombre conociera a la mujer con la que se iba a casar mucho mejor que él.

–Menos mal que tenía a Julia o me habría vuelto loco lidiando con mis padres –comentó Trevor.

–Seguro que sí –repuso Max, que tuvo que reprimir el impulso de darle un puñetazo en la cara sonriente sólo para hacerle ver que Julia ya no estaba libre.

–Hum, ¿Max? –ella tiró de su brazo para reclamar su atención.

Max la miró y vio incertidumbre en sus ojos. ¿Tan fácil era leer en él? Forzó una sonrisa y le dio un beso rápido.

–Tendrás que disculparnos, Trevor. Me gustaría bailar con mi prometida.

–Por supuesto, por supuesto.

Pero Max ya no lo escuchaba. Se había girado para guiar a Julia hacia la pista de baile a través de la multitud. La tomó en sus brazos y empezó a bailar con ella al ritmo de una melodía de los años cuarenta, suave y soñadora.

Ella subió la mano izquierda por su brazo, la apoyó en el hombro y le siguió el paso fácilmente. Max apoyaba la mano derecha en la parte baja de la espalda de ella y la sensación de su piel en la mano le provocaba punzadas de deseo.

Su mano derecha sostenía la izquierda de ella. Le apretó los dedos y la miró a los ojos.

–¿Trevor y tú estáis muy unidos? –preguntó.

–Sí –repuso ella–. Desde que éramos niños. Sus padres y los míos son muy amigos, así que Trevor y yo pasamos mucho tiempo juntos de pequeños.

–Él te quiere –las señales eran inconfundibles. El calor en los ojos de Trevor, el timbre de su voz cuando hablaba de ella.

–Yo también lo quiero a él –contestó ella. Y eso fue como una navaja en el pecho de Max. El dolor sólo se vio aliviado un poco cuando ella añadió–: Es como un hermano para mí, Max.

Se acercó más a él, apretó los pechos contra su torso y Max habría jurado que sentía latir el corazón de ella cerca del suyo.

–¿Estás celoso?

Él hizo una mueca.

–Eso parece –ella sonrió–. Si tan unidos estáis –preguntó él, porque tenía que saberlo–, ¿por qué no acudiste a él cuando necesitabas un marido? ¿Por qué viniste a mí?

Una amalgama de emociones cruzó por el rostro de ella. Frustración, decepción y rabia se mezclaron para crear un brillo en sus ojos que indicaba claramente que empezaba a enfurecerse.

–Hay un par de razones –dijo–. La primera es que espero un hijo tuyo.

Él levantó los ojos al cielo y movió la cabeza.

–¿Y la otra?

–Y la otra –ella bajó la voz–, es que Trevor es gay. Sus padres no lo saben, pero vive con un hombre encantador que se llama Arthur. Y no me pareció que a Arthur le fuera a gustar que me casara con el hombre que él considera su esposo.

Max sintió tal oleada de alivio que casi se quedó sin aliento. Al instante siguiente, sintió simpatía por Trevor. Si él se sentía extraño en esas reuniones, ¿qué sentiría el otro? Por lo menos Max podía ser él mismo y, si a alguien no le gustaba, mala suerte.

Pero Trevor no podía ser él mismo ni siquiera con su familia.

Miró a Julia a los ojos.

–Yo creía…

–Sé lo que creías –repuso ella con suavidad–. Max, tienes que confiar en mí o no tendremos nada. Si no lo haces, este matrimonio no durará ni el año.

–La confianza no es algo que yo otorgue a la ligera.

–¿Qué he hecho para hacerte creer que no puedes confiar en mí?

Terminó la música y se detuvieron. Max miró sus ojos azules brillantes.

–Te niegas a decirme la verdad sobre el niño –respondió.

–Lo he hecho.

–No sigas diciendo que es mío –susurró él–. Yo sé qué no.

Ella dejó caer la mano de su hombro y Max sintió la ausencia de su contacto con la misma claridad e intensidad con la que había sentido el contacto.

–¿Cómo puedo hacer que me creas?

–No puedes.

–Y entonces, ¿por qué te vas a casar conmigo? Si no confías en mí, si no puedes creer en mí, ¿por qué me quieres a tu lado?

Cuando la música volvió a sonar con otra balada destinada a atraer parejas a la pista de baile, Max la tomó en sus brazos de nuevo. La estrechó contra sí y le permitió sentir la dureza impaciente de su cuerpo. Ella abrió mucho los ojos.

–Porque me haces esto con una sola mirada –gruñó él–. Porque cuando entras en una habitación, todo lo demás desaparece. Porque tú eres mía.

La siguiente hora pasó muy deprisa. Julia sentía la mirada de Max clavada en ella dondequiera que iba. Mientras hablaba con los encargados de la comida, conversaba con los asistentes o lidiaba con distintos problemas menores, la mirada de Max la llenaba de calor.

Y mientras hacía todo lo que se esperaba de ella, repasaba en su mente su última conversación con Max. No confiaba en ella. Y eso le dolía. Toda su vida había sido una persona en la que la gente podía confiar. Se enorgullecía de cumplir siempre su palabra. Y ahora que el único hombre que le importaba que la creyera no lo hacía, se sentía más dolida de lo que quería confesar.

–Buenas noches, Julia.

Se puso rígida, fijó una sonrisa dura en la cara y se volvió a saludar a la propietaria de aquella voz fría.

–Hola, madre. No esperaba verte aquí esta noche.

En realidad, eso no era cierto. Había confiado no tener que ver a sus padres, pero con la suerte que tenía últimamente, su presencia no la sorprendió demasiado.

–Claro que hemos venido –musitó su madre. Volvió la cabeza para observar a la multitud–. Nuestros amigos nos habrían echado de menos si no lo hubiéramos hecho. Y eso habría llevado a preguntas que preferimos no contestar.

Al parecer, sus padres no se habían resignado todavía a su boda inminente.

–Supongo que tu enamorado está aquí –comentó su madre.

–Si te refieres a mi prometido, sí. Max está aquí.

Margaret Prentice se estremeció y la tela de seda dorada que envolvía su cuerpo demasiado delgado osciló con el movimiento.

–Tu prometido.

–Madre…

–No discutiré esto contigo hasta que recuperes el sentido común y anules ese matrimonio con un hombre que no te conviene.

–Presente –dijo Max de pronto directamente detrás de Julia.

La joven sintió el calor de su cuerpo, su fuerza firme detrás de ella y le dio las gracias en silencio por acudir al rescate.

–¿Cómo dice? –preguntó Margaret.

–Hablaba usted del prometido que no le conviene a Julia. Ése soy yo –Extendió la mano derecha y le puso la mano izquierda en el hombro a Julia en un gesto inconfundible de posesión–. Max Rolland, señora Prentice.

Margaret miró un instante la mano extendida y la ignoró.

–No tengo nada que decirle, señor Rolland. Esto es una conversación privada entre mi hija y yo.

Julia se sentía avergonzada. Por su madre. Por Max. Por ella misma. La situación sólo podía ir a peor y se preguntó cómo podía evitar algo que seguramente sería desagradable. Toda su vida había estado sola ante las expectativas rigurosas de sus padres y su fría desaprobación. Había tenido que lidiar con ambas cosas incontables veces y siempre había salido de esos encuentros con la sensación de no estar a la altura.

Ahora enderezó los hombros, levantó la barbilla y se preparó para lo que sabía que se avecinaba: la fría y dura desaprobación de su madre.

Max llevó la mano derecha a la cintura de Julia y la atrajo hacia sí. Margaret Prentice parpadeó ante aquella muestra tan pública, pero Julia agradeció el brazo que la rodeaba. El pecho amplio y musculoso de él rozaba su espalda y el latido firme de su corazón le recordaba que no estaba sola. Ya no tenía que soportar más tiempo la decepción de sus padres. Era como si Max le recordara en silencio que los tiempos habían cambiado. Ya no era una chica joven que buscaba apoyo desesperadamente; ahora era una mujer adulta, más que capaz de pensar y elegir por sí misma. Y el hombre que había elegido estaba a su lado, ofreciéndole una muestra clara de solidaridad que agradecía mucho.

–Todo lo que tenga que decirle a Julia puede decírselo delante de mí.

–Julia, por favor, dile a este individuo que se marche.

–No.

Margaret abrió mucho los ojos. Si Julia la hubiera abofeteado, no se habría sorprendido más.

–¿Cómo has dicho?

–He dicho que no, madre –repitió Julia, que empezaba a disfrutar de aquello–. Estoy aquí con Max y ahora estamos ocupados.

Margaret apretó la boca hasta que los labios casi desaparecieron de su cara.

–Esto es inaceptable, Julia.

Algunas cabezas empezaban a volverse cerca de ellos, como si intuyeran que allí había noticias jugosas.

Max debió de notarlo, pues sonrió y dijo:

—Tiene razón, señora Prentice. Esto es inaceptable. No es el momento ni el lugar para este tipo de conversación. Así que, si nos disculpa, me voy a llevar a Julia a bailar.

—Mi hija y yo…

—Han terminado de hablar –la interrumpió Max, dejándola abriendo y cerrando la boca como una trucha que necesitara aire.

Antes de que Julia pudiera disfrutar un poco más de la imagen, Max se la llevó de allí, la tomó en sus brazos y la guió en un baile lento y romántico. Julia no tardó en dejar de pensar en su madre.

—Gracias –dijo horas más tarde, cuando él entró en el dormitorio.

—¿Por qué? –Max se quitó la pajarita y la dejó sobre la silla más cercana.

—Por acudir en mi rescate –Julia se quitó los tacones y soltó un suspiro de placer–. Con mi madre.

Max se quitó la chaqueta y se desabrochó el chaleco y la camisa.

—De nada. Ha sido un placer dejarla plantada mirándonos. ¿Siempre ha sido así?

—¿Así cómo?

–Fría.

–Sí.

Julia no podía recordar un solo momento de su vida en el que alguno de sus padres le hubiera ofrecido afecto o calor. Siempre había habido una distancia entre ellos y la hija que no habían querido tener.

Intentó desabrocharse la cremallera del vestido, pero como no alcanzaba, se acercó a Max y le ofreció la espalda. Cuando los dedos de él entraron en contacto con su piel, contuvo el aliento. Con la cremallera desabrochada, el vestido de color zafiro cayó al suelo entre ellos y Max se inclinó a recogerlo.

–No me puedo imaginar lo que es crecer así –murmuró. Deslizó una mano por el trasero de ella y, la otra, por la parte delantera, donde metió los dedos bajo la cinturilla elástica del tanga negro.

–No fue fácil –confesó ella con un suspiro.

–Pero tú has sobrevivido a eso –susurró él. Inclinó la cabeza para besarle la curva del hombro–. Y te has convertido en una mujer admirable.

El calor inundó el pecho de ella y sus ojos se llenaron de lágrimas.

–Gracias también por eso.

–Yo tuve una familia –dijo él, acariciándole la espalda–. Padres que me querían. Que me animaban. Que me apoyaban.

–Tuviste suerte.

–Lo sé. Por eso te admiro todavía más que antes. Todo lo que eres es obra tuya –dijo con suavidad–. No les debes nada a ellos.

Las palabras de Max le llegaron al corazón y, su caricia, al alma. Julia se apoyó en él porque, de pronto, sintió que lo necesitaba más que nunca.

–Eres hermosa –murmuró él.

–Max…

–Te deseo otra vez.

–Lo sé –susurró ella. Contuvo el aliento cuando los dedos de Max fueron bajando cada vez más, hasta encontrar el núcleo ya caliente de ella.

–También te deseaba en la fiesta –dijo con suavidad–. Quería tenerte así.

–Max…

Él empezó a mover los dedos dentro y fuera de su calor. Ella abrió los muslos y se apoyó en él, contando con que la sujetara mientras la atormentaba.

–No digas nada por un minuto, ¿vale? –la movió despacio y le dio la vuelta en sus brazos hasta que quedaron mirando al espejo que había encima de la cómoda.

Sólo había una débil luz en la habitación y no alumbraba lo suficiente para disipar las sombras acurrucadas en los rincones. Al otro lado de los ventanales, se extendía Manhattan cubierta por la noche, con las luces de la ciudad resplandeciendo como joyas. Una luna casi llena brillaba en la distancia y enviaba luz perlada plateada al dormitorio; Julia observaba con su luz a Max y a ella misma reflejados en el espejo.

Max era mucho más grande que ella. Ancho de hombros, con brazos musculosos y bronceados que contrastaban con su piel blanca. Era tan moreno como ella rubia y las diferencias entre ellos quedaban patentes en el espejo.

—Mira —susurró él; soltó el tanga con un giro rápido de la muñeca y lo dejó caer al suelo—. Mira lo que puedo hacerte. Lo que me haces tú a mí.

Julia no podía apartar la vista de la pareja del espejo. Él le puso el brazo izquierdo en el hombro y le agarró el pecho con la mano izquierda. Su mano derecha bajó por el abdomen de ella, acariciándola. Sus manos fuertes y bronceadas resultaban eróticas moviéndose por la piel blanca y Julia se frotó contra él en respuesta a la imagen que formaban.

—Quiero tocarte. Y quiero que me veas darte placer.

—Max…

Julia se lamió los labios secos y miró con avidez la mano derecha de él, que bajó más y más hasta acariciar de nuevo el botón lleno de sensaciones entre sus piernas.

La mano se hundió en su calor una y otra vez y ella abrió las piernas y se puso de puntillas. Max le tiraba del pezón con la mano izquierda mientras le acariciaba el clítoris con la derecha. Ella estaba extremadamente caliente. Sentía la piel ardiendo. Se balanceaba contra él tambaleándose de puntillas. Echó atrás el brazo izquierdo, se agarró a su cuello y cerró los ojos.

–¡Ábrelos! –le ordenó él.

Los abrió y se encontró con la mirada caliente de Max en el espejo. En ella vio el mismo deseo que sentía ella. Lo que él le hacía era pura magia. Le producía más deseo del que nunca habría creído posible.

Sabía que estaba al borde del clímax y entonces vio que él deslizaba primero un dedo y luego dos dentro de ella mientras seguía acariciándole con el pulgar el punto que tanto ansiaba satisfacción.

Se vio retorcerse en los brazos de él y se sintió salvaje por primera vez en su vida. No estaba controlada, no pensaba en nada que no fuera el efecto que Max producía en su cuerpo. Todas sus células estaban vivas. Todos los nervios de su cuerpo se estremecían en anticipación del placer. Le costaba respirar y se concentró en la tensión que crecía en su interior y en su necesidad apremiante.

Cuando le llegó la primera oleada, gritó el

nombre de él, vio su mirada en el espejo y le permitió ver todo lo que le hacía a ella. Y cuando su cuerpo se quedó inmóvil y el último de sus temblores se perdía ya en el recuerdo, él la tomó en sus brazos y la depositó sobre la cama.

Mucho más tarde, cuando yacía en sus brazos, satisfechos y agotados los dos, Julia le recorrió el pecho con las yemas de los dedos. Su cuerpo estaba sedado, pero su mente no podía descansar. Ahora que la fiera pasión entre ellos se había calmado por el momento, había algo que tenía que saber.

Esa noche había estado a su lado, se había aliado con ella frente a su madre. Le había dado su apoyo, había interpretado en público el papel de prometido enamorado y en privado era el amante que siempre había soñado. Pero seguía distante. Se negaba a creer en la posibilidad de que el niño fuera suyo. Tenía que averiguar las razones por las que se cerraba de ese modo.

–Max –susurró–, necesito que me digas por qué no me crees en lo del niño.

Él suspiró, se incorporó sobre un codo y la miró. A la luz de la luna, sus ojos verdes brillaban como esmeraldas. El pelo oscuro le caía sobre la frente y tenía la boca apretada.

—No vas a olvidar el tema, ¿verdad?

Ella negó con la cabeza y lo miró a los ojos. Le acarició la mejilla con el pulgar.

—No puedo.

—Está bien —él la miró a los ojos—. Sé que me mientes en eso. Yo no puedo ser el padre. Como mi ex mujer no podía quedarse embarazada, nos hicimos análisis y descubrí que soy estéril. No puedo ser padre.

Capítulo Diez

—Te equivocas —ella parecía confusa—. Hubo un error. Tienes que volver al médico y repetir las pruebas.

—¿Para qué? —Max negó con la cabeza y suspiró con frustración. Enterarse de que jamás podría engendrar un hijo había sido un golpe terrible.

Recordaba todavía la sensación de fracaso que lo había invadido entonces. Y le resultaba muy sorprendente que Julia pudiera seguir aferrándose a su mentira ahora que sabía la verdad.

—Déjalo ya. No necesitas las mentiras. Nos vamos a casar y voy a adoptar a tu hijo. Por lo menos, que haya verdad entre nosotros.

—Te estoy diciendo la verdad.

Ella no parpadeó ni apartó la vista. No se mordió el labio ni dio ningún tipo de muestra de que lo que él le había dicho hubiera cambiado algo. ¿Qué narices buscaba? ¿Por qué se aferraba a esa ridícula historia?

¿No le bastaba con que se casaran? Le iba a dar su apellido al niño. ¿Por qué no podía tratarlo con algo de respeto? ¿Tener con él la cortesía de decirle la verdad?

—Tengo trabajo —dijo. Y salió de la cama.

—Max, quédate conmigo.

La miró y vio que estaba sentada con la colcha de seda formando un charco en su regazo y la luz de la luna rozando sus pechos. El pelo rubio le caía por los hombros y parecía la amante con la que soñaban todos los hombres. No había nada que deseara más que volver a la cama con ella y abrazarla.

Y como lo deseaba tanto, cruzó la habitación y se acercó al vestidor. De allí sacó una bata de cachemira negra y se la puso. Cuando regresó al dormitorio, ella no se había movido. Seguía sentada igual, bañada por la luz de la luna y con una súplica muda en los ojos.

—Duérmete —dijo él con voz tensa—. Nos veremos mañana.

Cerró la puerta del dormitorio tras de sí y se dirigió a su despacho intentando apartar la última imagen de ella de su mente.

Una parte de Julia quería rendirse. Arrojar la toalla y admitir que Max jamás sería el esposo que ella quería que fuera. ¿Cómo iban a poder tener algo juntos si no la creía en algo tan importante, tan fundamental, como la paternidad del niño?

Llevaba días dándole vueltas a la cabeza. Desde la conversación en la que Max le había contado lo que él consideraba la verdad. No conseguía encontrar el modo de atravesar el muro que había erigido él a su alrededor y tenía miedo de no conseguirlo nunca. Y si ella no podía, ¿qué significaba eso? Quizá debería reconsiderar el matrimonio. Marcharse y correr el riesgo con el chantajista.

Aquella idea no le gustaba. Era verdad que los tiempos habían cambiado y las madres solteras ya no eran parias como antes. Pero Julia no quería eso para su bebé. Quería que sus hijo tuviera padre y madre. Que fuera querido. Que creciera rodeado de apoyo y seguridad.

Además, no podía volver al apartamento en el que ahora vivía Amanda sola. Miró a su alrededor. Su amiga estaba encantada con el sitio y lo había convertido ya en su nido privado.

—¿Te he dicho que Elizabeth Wellington me ha contratado para planear la fiesta de su quinto aniversario de boda? —le preguntó Amanda desde la cocina.

—Eso es genial —comentó Julia.

—Sí. Aunque, entre tú y yo —Amanda entró en la sala con dos vasos altos de limonada con hielo—, Elizabeth no parecía feliz.

—¿Qué le ocurre?

–No creo que quiera que se sepa esto, así que es alto secreto, ¿vale?

–Vale.

Amanda le pasó uno de los vasos.

–No sabe si es buena idea celebrar un matrimonio que teme que no vaya a durar un años más.

–¡Oh, Dios mío! ¡Pobre Elizabeth! Todo esto ha sido muy duro para ella –Julia tomó un sorbo de limonada.

–Parecía muy triste, pero luego sonrió y siguió hablando de la fiesta. Casi me siento culpable por aceptar el trabajo.

–No –musitó Julia–. Al contrario, haz que sea una gran fiesta. Por ella. Sé lo que siente Elizabeth. A veces hay que seguir adelante con algo aunque tengamos dudas.

–Eso suena a experiencia personal.

Julia miró a su amiga. A ella no podía ocultarle lo que sentía. Amanda la conocía demasiado bien y se daría cuenta. Además, necesitaba hablar con alguien de eso, ¿y quién mejor que ella?

–Max no quiere escucharme.

–¿Y eso te sorprende? –Amanda se sentó enfrente de ella–. Ya sabías que es muy testarudo. En Wall Street tiene fama de ser el hombre con la cabeza más dura del país. Todo el mundo dice que, cuando toma una decisión, nada puede cambiarla.

–Eso es muy reconfortante –Julia tomó otro sorbo de limonada y dejó el vaso en la mesa que tenía delante–. No sé qué hacer. Lo que hace ahora es algo más que terquedad. No quiere ni considerar la posibilidad de que los análisis de fertilidad que se hizo hace años estuvieran equivocados.

Julia había hablado con Amanda la mañana siguiente a la del gran anuncio de Max, por lo que su amiga ya estaba al tanto.

–Todavía no sé qué decirte –Amanda movió la cabeza–. No puedes obligarlo a creerte.

–Pero debería hacerlo –Julia se puso en pie y empezó a pasear por la habitación–. Si fuera mentira, ¿por qué iba a seguir yo insistiendo en que es el padre? ¿Tiene algún sentido eso? –se detuvo, movió la cabeza y se frotó las sienes–. Juro que a veces tengo la sensación de estar dando vueltas en círculos.

–Querida, os conocéis muy poco. No es tan sorprendente que no se fíe de tu palabra en un tema tan importante.

–¡Pero ésa es la cuestión! Que le dije que repitiera los análisis y no le da la gana. Dice que no hay motivo para hacerlo.

–Testarudo, ya te lo he dicho –sonrió Amanda–. Pero no sé lo que puedes hacer tú.

–Yo tampoco –Julia resopló y se encogió de hombros–. No se me ocurre nada, pero necesitaba desahogarme.

–Eso no tiene nada de malo. Yo siempre estoy encantada de escucharte, pero si has terminado –señaló un sobre marrón de papel manila que había sobre la mesa–, podemos repasar los últimos detalles de la boda.

La boda. En unos días se casaría con un hombre que estaba convencido de que era una mentirosa. ¿Cómo podía ser bueno eso?

–¡Oh, oh! –comentó Amanda–. Veo que dudas. ¿Estás cambiando de idea en lo de casarte? Porque si es así, dímelo ahora para que empiece las cancelaciones.

–No –Julia miró a su amiga–. No me voy a echar atrás –se puso una mano en el vientre como para reconfortar así al bebé–. No importa lo que él piense. Max es el padre de mi bebé. Y éste se merece llevar el apellido de su padre.

–Cierto –Amanda inclinó a un lado la cabeza–. ¿Pero y tú qué? ¿No te mereces algo mejor de lo que te ofrece Max? ¿No te mereces un hombre que te crea y te ame?

Sí, era verdad. A Julia se le oprimió el corazón. No era tan tonta como para pensar que Max la amaba, pero sabía que le importaba. No se mostraría tan protector si no sintiera algo por ella. Y si sentía algo, podía llegar a amarla con el tiempo, ¿no? Después de todo, cuando naciera el bebé, ella insistiría en que se hiciera la prueba de paternidad y por fin la creería.

Pero le habría gustado que la creyera sin pruebas. Que pudiera mirarla a los ojos y ver que ella no le mentiría sobre algo así.

Movió la cabeza y volvió a su sillón.

—Merezco casarme con el hombre que amo. Y yo lo amo. Aunque no me creería si se lo dijera —añadió. Entornó los ojos y levantó la barbilla con determinación—. Pero algún día conseguiré que se entere y, cuando llegue ese día, me va a tener que suplicar para que lo perdone.

—Así me gusta —sonrió Amanda—. Si alguien puede hacerlo, eres tú. Además, no hay nada mejor que una buena súplica.

—¿Se sabe algo del chantaje?

Max levantó la cabeza y miró a Alex. Su amigo había ido a llevarle unos documentos legales relacionados con el bloque de pisos que Max acababa de comprar.

—No, nada. Ayer hablé con el inspector Mc-Gray y dice que no tienen pistas. El chantajista podría ser cualquiera. Pero el que fuera fue lo bastante listo para no dejar huellas digitales en las notas.

Alex hizo una mueca.

—Puede ser alguien que ve la televisión.

—Cierto —Max se echó hacia atrás en su silla de cuero y cruzó los brazos—. Según el inspector, tampoco tienen nada nuevo sobre la mujer que murió en el 721.

Su amigo frunció el ceño.

—Parece increíble que pueda morir una mujer y no dejar pistas sobre el motivo.

—Lo sé.

—¡Pobre mujer!

Max asintió.

—McGray dice que, mientras no haya más información, la policía no tiene nada en lo que basarse.

—Supongo que te sentirás mejor sabiendo que Julia ya no vive allí.

—Pues sí.

—He recibido la invitación a tu boda —dijo Alex, cambiando de tema.

—¿Sí?

—Todavía no me puedo creer que sea verdad. Me parece recordar que, cuando te dejó Camille, juraste no volver a entrar en la «trampa para osos» del matrimonio.

—Las cosas cambian.

—Ajá. Aunque debo decir que he visto novios más felices. Qué narices, he visto condenados a muerte más felices.

Max enarcó una ceja, se echó hacia delante y apoyó los codos en la mesa.

—¿Por qué voy a estar feliz? Esto es un trato de negocios, pura y simplemente.

—Sí, claro.

–¿Qué significa eso?

Alex soltó una risita.

–Puedes intentar engañarte a ti mismo, pero no me vas a engañar a mí.

–¿Ah, no?

–Olvidas que os he visto juntos.

–¿Y qué?

–Que he visto cómo la miras –sonrió Alex.

Max lo miró de hito en hito. ¿Qué narices le pasaba últimamente? ¿Estaba perdiendo su famosa cara de póquer?

–No sé de qué me hablas.

–Di mejor que no quieres saberlo. Tú la quieres.

–No seas ridículo –Max hizo una mueca–. Tú preparaste los papeles. Sabes muy bien que es un matrimonio amañado. Algo que nos resulta conveniente a los dos.

–Sé que así fue como empezó.

Max se levantó, le dio la espalda a Alex y miró la ciudad por la ventana. Todo en él estaba tan tenso que era un milagro que pudiera respirar. Oír decir a Alex que había notado sus sentimientos sólo servía para que aquello resultara más duro todavía. Era un hombre que siempre se había enorgullecido de guardar sus pensamientos y sus sentimientos para sí mismo. Y le preocupaba mucho estar perdiendo su máscara.

–Eh, yo no te culpo. Julia es sensacional.

Sí, eso era verdad. Julia se había metido en su vida, en su corazón, y ahora no estaba seguro de si podría mantener la distancia entre ellos que creía tan necesaria.

No se permitiría sentir más por ella de lo que sentía ya. Ella le mentía sobre algo tan fundamental que no podía pasarlo por alto. Y se negaba a abandonar la mentira incluso en presencia de hechos.

¿Qué indicaba eso de ella?

¿Y qué indicaba de él, si estaba dispuesto a soportarlo?

—Todavía me miente —murmuró, más para sí mismo que para Alex.

—Quizá no mienta.

Max lo miró fijamente. Su amigo sabía la verdad. Sabía por qué y cómo había terminado su matrimonio con Camille.

—Los dos sabemos que sí.

—Ya hemos hablado antes de eso, Max.

—Sí, es cierto, así que vamos a ahorrárnoslo hoy, ¿vale?

—Bien —Alex levantó las dos manos en un gesto de rendición—. Siempre has sido un hijo de perra muy terco.

Max soltó una carcajada.

—¿Cómo es ese dicho? Hay que ser uno para reconocer a otro.

Alex asintió.

—Aceptado —cambió de tema—. En cualquier

caso, ahora que hemos terminado con los papeles, ¿por qué no vamos a comer?

–Buena idea –Max intentó apartar a Julia de su mente y siguió a su amigo fuera del despacho.

Max la encontró en lo que iba a ser el cuarto infantil, pintando las paredes beige de un tono verde suave. Ella llevaba auriculares y movía las caderas al ritmo de la música. Su pelo iba recogido en una coleta, los vaqueros desteñidos se pegaban a sus piernas como las manos de un amante y el dobladillo de la camiseta terminaba unos cinco centímetros por encima de la cintura del pantalón, lo cual dejaba al descubierto una cinta de piel blanca.

Max reprimió un gemido, apoyó un hombro en la jamba y se cruzó de brazos. Ella estaba de espaldas, ignorante de su presencia. Sus pies descalzos trazaban pasos de baile intrincados en el plástico que cubría el suelo de madera mientras subía el rodillo hasta la parte alta de la pared.

Max se dijo que debía acercarse, quitarle el rodillo y decirle que contrataría a alguien para pintar la maldita habitación. Ella no tenía que hacer eso personalmente. Pero la oyó cantar con voz suave, comprendió que disfrutaba con aquello y no quiso privarla de eso.

Cuando Julia se volvió para mojar el rodillo en la bandeja de pintura que tenía detrás, lo vio, se quitó los auriculares y soltó un grito.

—¡Max! ¿Por qué no has dicho algo?

—Estaba disfrutando del espectáculo.

Ella se ruborizó y bajó la cabeza.

—Bailas bien —a él le gustaba verla avergonzada. Solía estar siempre tan en control, que resultaba agradable pillarla desprevenida.

Ella le sonrió. Tenía gotas de pintura en las mejillas y una mancha verde le atravesaba la frente. Max extendió una mano y frotó la mancha con el pulgar.

—Y tienes pintura en la cara.

—Genial —rió ella—. Pero la habitación queda bien, ¿verdad?

—Sí —él la miró a los ojos—. Pero debiste decirme que querías hacer esto. Habría llamado a los pintores…

—Quería hacerlo yo —repuso ella—. Es importante para mí. Quiero que nuestro bebé se sienta bienvenido desde el principio.

Max sintió un nudo en el estómago. «Nuestro bebé». Habría dado mucho por que eso fuera real. Por ser el padre biológico de aquel niño. Apartó aquel pensamiento de su mente.

—Puede ser bienvenido sin que tú tengas que usar el rodillo personalmente.

Julia dejó el rodillo en la bandeja y se quitó los guantes de plástico que llevaba.

–Quería hacerlo yo.

–Vale. ¿Estás pensando pintar la habitación contigua para una niñera?

Ella lo miró.

–Nada de niñeras. No quiero que a mi hijo lo críen extraños.

–Bien –asintió él. La abrazó–. Yo tampoco quiero.

–Max –ella intentó apartarse–. Te voy a manchar el traje de pintura.

–No importa, tengo muchos trajes –le acarició las gotas de pintura de las mejillas–. El verde te sienta bien.

–Seguro que eso se lo dices a todas tus prometidas.

–Sólo a las que están embarazadas.

La besó y apartó de su mente las dudas y preocupaciones para sumergirse en una ola creciente de pasión.

Capítulo Once

Una semana más tarde, la boda transcurrió sin incidentes.

Julia llevaba un vestido largo de escote palabra de honor y se sentía como una princesa al lado del novio, vestido con un traje de tres piezas. La docena de invitados presentes eran amigos y, afortunadamente, no hubo ninguna crisis de última hora.

Sus padres no asistieron a la boda, cosa que Julia agradeció en el alma. No quería ni necesitaba que nada la distrajera del revoltijo de sentimientos que ya la embargaban.

El juez, un amigo de Max, realizó la ceremonia en el ático de Max con gestos amistosos que deberían haber servido para calmarle los nervios a Julia. Pero mientras prometía amar y honrar a su marido hasta que la muerte los separara, sólo podía pensar que quizá estuviera cometiendo el mayor error de su vida.

Sin duda era estúpido pensar eso en aquel momento, pero no podía evitarlo. Amaba a Max, pero empezaba a dudar de que él se fuera a permitir alguna vez corresponder a ese sentimiento. De hecho, cuando los dos agradecían a sus amigos haber asistido, sentía una distancia entre ellos. Lo sentía a él apartado.

Había confiado en que el hecho de estar casados acabara con una parte del distanciamiento de Max. En que, cuando se hubieran comprometido legalmente con el otro, se permitiera formar al menos una conexión tenue con ella. Pero hasta el momento no había visto muestras de eso y el corazón le dolía… por ella y por su bebé.

Quería una familia. Siempre había querido formar el tipo de familia con el que había soñado de niña. Y sabía que, si Max le permitía entrar en su corazón, podían tener todo lo que siempre había soñado y más.

—¿Dónde estás?

El susurro de Max la sacó de sus pensamientos. Julia lo miró y sonrió.

—Estaba pensando.

—Por tu expresión, no eran pensamientos muy felices —susurró él para que nadie más lo oyera.

—Perdona —musitó ella. Y lo decía en serio. No quería que él ni nadie pensara que se arrepentía de haberlo hecho—. Supongo que todo esto resulta algo abrumador.

Él asintió y se colocó delante de ella, dando la espalda a la gente y apartándola de cualquiera que pudiera estar observándolos—. Sé que ha sido muy rápido, pero los dos dijimos que queríamos esto, ¿no? Vamos a ser amables con la gente y luego podremos relajarnos.

—Tienes razón —sonrió ella, forzando una alegría que no sentía.

—¡Eh! —Alex se acercó a Max y le dio una palmada en el hombro—. Nada de acaparar a la novia. De acuerdo con la tradición, yo puedo pedirle un beso.

Max miró a su amigo con dureza.

—¿Y desde cuándo eres tú tradicional?

—Desde que quiero besar a una mujer hermosa sin que su marido me dé un puñetazo.

Julia se echó a reír al ver la expresión consternada de Max y le produjo cierta satisfacción ver que no deseaba compartirla. Aquello era algo, ¿no? Sonrió a Alex.

—No seremos nosotros los que desafiemos la tradición.

Alex le dedicó una sonrisa que le hizo saber que comprendía que debía de tener sentimientos encontrados respecto a la ceremonia. Se acercó, se inclinó y le dio un beso rápido.

No hubo electricidad en el contacto, sólo una sensación de calidez y apoyo. En especial cuando Alex le susurró:

—Ten paciencia. Él cederá.

Antes de que pudiera contestar, Max tiraba ya de su amigo.

—Un beso por persona. Largo.

Alex se echó a reír y se metió las manos en los bolsillos del pantalón.

–Vale, vale, avaricioso. Supongo que tendré que buscarme otra chica –miró a la gente y entornó los ojos–. Como ésa por ejemplo –musitó.

Se alejó antes de que Julia pudiera ver a quién se refería, y luego Max la tomó en sus brazos y ella se olvidó de los invitados.

–Yo todavía no he tenido un beso de la novia.

–Sí lo has tenido –sonrió ella–. Al terminar la ceremonia.

–Ése era para todo el mundo –Max bajó la cabeza–. Éste es sólo para mí.

La besó en la boca y el mundo desapareció. A Julia se le aceleró el corazón y todas las células de su cuerpo se iluminaron de alegría. Se preguntó si siempre sería así.

Le devolvió el beso dándole todo lo que tenía, deseando que viera la verdad en la caricia. Deseando que quisiera verla.

Cuando él levantó al fin la cabeza y ella vio el brillo oscuro en sus ojos, supo que la deseaba.

Max levantó una mano, le tocó la mejilla y pasó el pulgar por el labio inferior de ella.

–¿Te he dicho hoy que eres una novia muy bella?

–No, pero gracias.

–Quiero que sepas… –Max se detuvo, atrapado por la marea de sentimientos que chocaban en su interior. Desde el momento en que ella salió del dormitorio para acercarse a él y comenzar la ceremonia, no había sido capaz de ver otra cosa que no fuera ella. Era como si no existiera nadie más en la habitación. Ella lo era todo.

Sus ojos eran del color del cielo de verano. Su boca se curvaba en una sonrisa suave. Sus manos sostenían un ramo de peonías de color rosa pálido y unos zapatos abiertos de tacón de aguja calzaban sus pies delicados. Era la imagen de lo que deberían ser todas las novias y Max sólo podía pensar que era suya.

Conocía su sabor, la sensación de su cuerpo bajo él, el satén de su piel bajo las manos. Sabía cómo bailaba cuando creía que no la veían y había visto el dolor en sus ojos cuando su propia madre la había rechazado. Su risa le daba calor y sus lágrimas hacían que se le doblaran las rodillas.

Se había vuelto… importante para él. Se había convertido en parte de sus días, de sus noches, de su vida. Y eso lo sorprendía. Eso no lo había planeado. No había esperado quererla. No quería quererla.

Tenía que encontrar el modo de parar.

–¿Qué, Max? –preguntó Julia–. ¿Qué quieres que sepa?

Él sacudió la cabeza como si acabara de salir de una tormenta de verano. Dejó deliberadamente que los sentimientos tiernos que experimentaba se alejaran de él como gotas de lluvia. Intentó recordar lo que había estado a punto de decir, pero no lo consiguió. Seguramente fuera mejor así, teniendo en cuenta que un momento atrás había estado metido en un remolino sentimental que no deseaba vivir.

–Nada –contestó, retrocediendo al mundo frío y desapasionado en el que se sentía mucho más cómodo–. No era nada.

Julia no pasó ningún otro momento a solas con Max durante el resto de la tarde. Parecía que cada vez que se acercaba, él encontraba otra persona con la que hablar… normalmente en el otro extremo de la estancia.

Varios invitados se habían marchado ya, pero Julia vio a Amanda y Alex en un rincón. Parecían llevarse bien y, a juzgar por el modo animado en que gesticulaba Amanda, tenían mucho de lo que hablar. ¿Sería Amanda la mujer en la que Alex había parecido fijarse antes? Julia así lo esperaba. A su amiga le iba tocando ya tener buena suerte con los hombres después del gusano de su ex novio.

–Ha sido una fiesta estupenda –dijo Carrie

Gray a su lado–. Y tú eres una novia maravillosa, cosa por la que intento no guardarte rencor.

Julia se echó a reír y abrazó a su amiga.

–Gracias por venir. Te lo agradezco de verdad.

–¿Me tomas el pelo? No me lo habría perdido por nada –Carrie retrocedió un paso y se colgó el bolso al hombro–. ¿Adónde vais de luna de miel? ¿O es un secreto?

–No hay luna de miel. Los dos estamos muy ocupados ahora.

–Pues es una lástima –Carrie hizo un mohín–. No parece justo, ¿verdad? Quizá podáis escaparos dentro de un mes o en algún momento.

–Quizá.

Julia se despidió de su amiga en la puerta. Max no había querido una luna de miel. Había dicho que no tenía sentido, puesto que aquello no era un matrimonio convencional precisamente.

Los demás invitados se marcharon uno por uno hasta que los dejaron a solas con Amanda y Alex.

–Ha sido una boda estupenda, aunque esté mal que yo lo diga –sonrió Amanda. Abrazó a Julia.

–Te has superado a ti misma y con muy poco tiempo –le dijo ésta–. No sé lo que habría hecho si tú no hubieras planeado todo esto conmigo.

Amanda estaba muy guapa con un vestido de verano rojo de manga corta y falda amplia. Su pelo corto rubio estaba revuelto, como siempre, pues ella solía pasar mucho las manos por él. Pero sus grandes ojos grises brillaban cuando le preguntó a Julia:

–¿Qué te parece Alex?

–Me gusta. Es amable. Ambicioso. Divertido.

–Hum –Amanda miró un instante hacia donde Max charlaba con Alex.

–¿Te interesa? –preguntó Julia.

–No voy a decir que no –repuso su amiga. Se encogió de hombros y sonrió–. Bueno, me marcho. Sólo quería desearte felicidad. Y si necesitas algo, ya sabes dónde encontrarme.

–Lo sé.

Julia le dio un abrazo y la observó cruzar la estancia en dirección al ascensor. Alex salió justo detrás y Julia deseó en silencio suerte a su amiga.

–Bien, ya está hecho –comentó Max.

–Desde luego que sí –ella pasó el pulgar por la alianza nueva.

La luz del sol que entraba por los ventanales llegaba difusa por los cristales tintados, pero de todos modos bañaba a Max y hacía que sus ojos verdes brillaran como si estuvieran iluminados desde dentro. Cuando se acercó a ella Julia se echó de buena gana en sus brazos. Era su esposo, lo amaba y, por ese día, olvidaría sus dudas y preocupaciones para hacer lo que todas las novias tenían derecho a hacer.

Hacer el amor con el novio.

Unos días más tarde, Max estaba en una reunión con inversores y su mente empezó a deambular. Antes de Julia, eso no le había pasado nunca. Ahora, sin embargo, en lugar de concentrarse en hojas de cálculo y predicciones económicas, su mente insistía en pensar en su esposa.

Su esposa.

Mientras uno de sus empleados hacía una presentación, Max miró la alianza en su mano izquierda. Había creído que no volvería a llevar una nunca más.

Pero ahora, le gustara o no, era un marido.

Los últimos días no habían sido fáciles. Julia estaba ya tan metida en su vida que no podía por menos de preguntarse cómo la iba a dejar marchar cuando terminara el año. Eso le preocupaba. Pero no podía confiar en ella, ¿y cómo narices iba a seguir casado con una mujer en la que no confiaba?

¿Pero podría soportar que se marchara?

Tamborileó en la larga mesa de madera de castaño con el boli y sólo se detuvo cuando vio una mirada de nerviosismo en los ojos de uno de sus vicepresidentes. Dejó el bolígrafo y se forzó a prestar atención. No podía imaginar cómo había llegado a aquello cuando él siempre había estado alerta a todo. Siempre tenía las yemas de los dedos tomándole el pulso a Wall Street, siempre dirigía las reuniones de su empresa con mano de hierro y ojos de acero. Nunca se había desviado de eso, ni siquiera cuando había estado casado la otra vez.

Pero Camille no lo había atormentado día y noche como Julia. Julia y sus mentiras. Apretó los dientes y cuando se apagó la luz en la sala de conferencias para dar paso a las diapositivas, recibió la oscuridad con agradecimiento.

En las sombras podía admitir que quería creer en Julia. Quería confiar en ella. ¿Pero cómo narices hacerlo? Él había visto los resultados de las prueba de fertilidad que su ex mujer había insistido que se hicieran.

Max frunció el ceño pensando en su ex. Camille le había hecho pagar caro el acuerdo de divorcio porque él era estéril y ella no había podido tener el hijo que quería.

Aquella vieja sensación de fracaso se instaló en su pecho como una piedra fría y él se frotó ese punto como si así pudiera hacerla desaparecer. Pero la sensación helada siguió allí. Sólo podía hacer una cosa: apartarse de Julia y de lo que sentía por ella. Era mejor así.

Era mejor para los dos.

Varias horas después, Julia seguía esperando cenar con Max. Éste tendría que haber llegado a casa dos horas antes, pero no había aparecido ni llamado. Se acercó a las ventanas con vistas a la ciudad y miró los coches minúsculos y el mar de personitas que se afanaban por las calles atestadas. ¿Dónde estaba?

Una mirada a la mesa detrás de ella le produjo una punzada de dolor. Las velas blancas se habían consumido hasta la mitad y el vino tinto que había abierto para que respirara había inhalado ya tanto aire que seguramente no estaría bueno. Suspiró y decidió enfadarse en lugar de entristecerse.

–¿Por qué no ha llamado? –murmuró en voz alta–. ¿Pero y si no puede? ¿Y si ha tenido un accidente? ¿Y si lo han atropellado? ¿Y si…? –dejó de hablar y se acercó rápidamente al teléfono de la sala.

Se dejó caer en el sofá, marcó el número del trabajo de Max y esperó. A los tres timbrazos, oyó la voz familiar de él.

–Rolland al habla.

–¿Max? –lo primero que sintió Julia fue alivio. No estaba muerto en la calle–. ¿Sigues en el trabajo?

–Obviamente.

La voz de él sonaba tensa y fría.

–¿Sucede algo? –preguntó ella.

–No. ¿Para qué llamas? ¿Necesitas algo?

Julia respiró hondo y retuvo el aire un momento. En los últimos días se había convencido de que Max y ella conseguirían hacer algo de ese matrimonio. Había creído que empezaba a ablandarse con ella. Que la buscaba con impaciencia todas las noches porque empezaba a quererla.

Estaba claro que se había engañado.

–Estaba preocupada –admitió con voz suave–. La cena está lista desde hace un par de horas y como no sabía nada de ti…

El resoplido de él en el teléfono la golpeó como una bofetada.

–Julia, no hagas esto.

–¿Qué?

–Interpretar el papel de la esposa ofendida –dijo él con voz fría–. Estamos casados, sí, y tenemos que mantener la fachada delante de nuestros amigos. Pero tú y yo sabemos la verdad.

–¿Y cuál es? –ella apretó el auricular con la mirada fija en un jarrón de porcelana alto que esa misma mañana había llenado de flores.

–Que lo que hay entre nosotros es un trato de negocios y un sexo increíble.

–Max…

–Tú necesitabas ayuda –dijo él–. Yo necesitaba un heredero y por eso voy a aceptar el hijo de otro hombre como mío. Punto.

La atravesó una punzada de dolor, pero no tardó en dar paso a la furia.

–Tú nunca me creerás, ¿verdad? –preguntó, más para sí misma que para él.

–No.

–Ni siquiera cuando nazca el niño y pueda ofrecerte la prueba de paternidad, ni siquiera entonces lo creerás. Seguirás dudando de mí. Probablemente me acusarás de falsificar la prueba.

–No hagas esto, Julia.

–No soy yo la que lo hace, Max –la joven se levantó y se pasó una mano por el pelo cuidadosamente arreglado. Miró el vestido verde ajustado que se había puesto para él y se dijo que era una tonta.

–Julia…

Ella respiró con fuerza porque sentía que nunca volvería a respirar fácilmente. Tenía los pulmones comprimidos, le dolía el corazón y las manos le temblaban de rabia reprimida.

–Me marcho, Max.

–¿Qué?

Julia pensó que era muy raro estar haciendo eso por teléfono. Pero a continuación decidió que era un modo muy apropiado de decir adiós a un matrimonio que nunca había prometido otra cosa que distancia entre las dos personas a las que habría tenido que unir.

–Me marcho. No puedo hacer esto –dijo, caminando ya hacia el dormitorio con el teléfono apretado en la mano.

Se detuvo en la mesa del comedor el tiempo suficiente para soplar las velas y observó cómo se elevaban y retorcían las espirales de humo gris en el frío de la habitación con aire acondicionado.

Pensó en romper la botella de vino, en tirar del mantel de lino blanco de la mesa y lanzar la porcelana china al suelo, pero no lo hizo. Siguió hasta el dormitorio escuchando a Max, que todavía hablaba con calma.

–Tenemos un acuerdo firmado –decía.

–Demándame.

–¡Maldita sea, Julia!

–Creía que podía hacerlo –dijo ella–. Creía de verdad que podía. Pensaba que podíamos hacer que funcionara este matrimonio. Pero mientras tú sigas pensando lo peor de mí, no tenemos ninguna posibilidad.

–No puedes irte.

–Oh, sí que puedo –sabía que debía colgar, hacer las maletas y largarse. Pero, por alguna razón, no podía decidirse a cortar la llamada. No quería cortar la voz de él–. Lo siento, Max –dijo con suavidad–. Por los dos. Pero no puedo seguir casada con un hombre que piensa tan mal de mí y no permitiré que mi hijo crezca sintiendo todos los días el rechazo instintivo de su padre. Yo viví así y todavía llevo ese dolor conmigo.

Max había aliviado un poco ese dolor, pero ahora ya no podía contar con él, ya no estaría a su lado cuando lidiara con sus padres.

–Te dije que yo querré a tu hijo.

–Es nuestro hijo, Max –Julia se tiró del pelo con frustración–. Tenía que haber sabido que esto era mala idea. Es culpa mía. Sólo mía.

–¿Y el chantajista?

–Seré una mujer divorciada. No tendrá motivos para chantajearme.

–¡Maldita sea, Julia! Puedo estar en casa en veinte minutos. Hablaremos de esto en persona.

–No.

Tomó un puñado de ropa interior y algunas prendas que pudo agarrar deprisa y las echó en la maleta sin orden ni concierto. Se acercó al armario, sacó unas cuantas camisas y pantalones y los llevó también a la maleta. Ya volvería a por el resto. O no. Quizá simplemente comprara ropa nueva.

Cuando cerró la maleta, se dejó caer sentada en el borde de la cama.

–¿Y sabes qué es lo más triste de todo, Max? Que yo te quiero.

–¿Qué?

Julia soltó una risita amarga; volvió la cabeza a la ventana y miró el mar de luces de ciudad que se extendía bajo ella.

–Sí, a mí también me sorprendió. Después de todo, ¿cómo puede una mujer racional y lógica amar a un hombre que es demasiado testarudo para cambiar? ¿Que está demasiado lleno de rabia para ver que a veces las cosas no son lo que parecen? –se levantó y agarró la maleta–. ¿Cómo puedo amar a un hombre que es demasiado arrogante para reconocer que quizá, sólo quizá, no tiene razón en todo?

–Julia…

–Adiós, Max –ella cortó la llamada, arrojó el teléfono sobre la cama y salió del apartamento y de la vida de Max.

Capítulo Doce

Los días siguientes pasaron muy despacio.

Max no fue corriendo a su casa después de la llamada de Julia. Principalmente, porque se convenció de que aquello era un farol por parte de ella. Cuando llegó por fin, varias horas después, estaba solo en el piso, que de pronto resultaba demasiado grande. A pesar de ello, se dijo que era mejor así. Había empezado a quererla demasiado. Lo mejor que podía haber pasado era que ella se fuera.

Además, debido a los papeles legales que ella había firmado, seguía teniendo derecho a su hijo, lo que implicaba que Julia no se iba a librar de él tan fácilmente como creía.

Salía todos los días de casa al amanecer y permanecía en el trabajo hasta muy tarde. Se decía que lo hacía porque era libre de dedicar al trabajo todo el tiempo que quisiera, pero la verdad era que odiaba el silencio de su casa; odiaba que la ropa de ella siguiera en el armario y que el simple hecho de elegir un traje cada mañana implicara tener que oler su perfume. Odiaba que hubiera dejado los zapatos de tacón de aguja que se había quitado el último día justo donde habían aterrizado, en el suelo al lado de la cama.

Pero lo que más odiaba era odiar todo eso.

Debería alegrarse de haber recuperado su vida tal y como él la quería.

Pero no se alegraba, aunque no pensaba ir corriendo tras ella. Se había portado bien. Se había casado con ella y le había ofrecido criar a su hijo como si él fuera el padre. La había protegido de un chantajista, la había sacado de un edificio que podía no ser seguro y a cambio sólo había pedido la verdad.

Ella se había negado a dársela y había seguido aferrándose a su mentira. Porque era mentira, ¿no?

—Ya estás pensando otra vez en ella.

Max se sobresaltó y miró con dureza a Alex, que estaba sentado al otro lado de la mesa. Su comida semanal había terminado y sólo tenían ya el café delante. Max no contestó; tomó un trago y el líquido le quemó el esófago.

—He investigado un poco —comentó Alex.

—¿El qué? —Max dejó su taza en la mesa.

—Al ex novio de Julia. Sabes que es abogado en mi bufete.

Max hizo una mueca.

—Resulta que Julia y él sólo fueron buenos amigos los últimos meses que estuvieron juntos. Nada de sexo. Es imposible que él sea el padre –Alex levantó su taza de café para tomar un sorbo, pero la detuvo a mitad de camino–. Me parece que ella sólo se acostó contigo.

La tensión en el cuerpo de Max creció perceptiblemente.

–No importa lo que diga ese hombre. Camille me enseñó las pruebas de fertilidad. Las vi con mis propios ojos.

–Cierto –Alex dejó la taza, colocó los codos en la mesa y lo miró de hito en hito–. Por si lo has olvidado, déjame recordarte que Camille era una zorra.

Max suspiró.

–De acuerdo.

–Y entonces, ¿por qué estás dispuesto a aceptar su palabra antes que la de Julia?

–Buena pregunta.

Max apretó los dientes y se preguntó si no habría sido un completo imbécil. Le había dado la espalda a Julia, se había negado a escucharla y a creerla porque Camille se había burlado de él. ¿Y si había sido su ex la que había mentido? ¿Y si Julia tenía razón y Camille había falsificado de algún modo los resultados? ¿Y si él había tenido en sus manos todo lo que siempre había deseado y había dejado que se le escapara entre los dedos porque había sido demasiado arrogante para admitir que podía estar equivocado?

–A juzgar por la mirada de tus ojos –musitó Alex–, creo que has visto la luz.

–Tal vez –Max levantó la mano para llamar al camarero.

–Déjalo –le dijo Alex–. Ya pago yo.

–Gracias –Max se puso en pie–. Tengo que comprobar una cosa.

–Ya era hora.

–Sí, sí –Max dedicó una sonrisa tensa a su amigo; empezaba a sentir los primeros rayos de esperanza.

–Eh, antes de irte… –Max lo miró–. ¿Por qué no me das el número de teléfono de Amanda?

Max sonrió.

–Búscate la vida. Yo tengo problemas propios que resolver.

–Tienes que salir de casa –dijo Amanda.

–Lo sé, no te preocupes –Julia se hundió más en el sillón de la sala de estar.

Amanda se había portado muy bien con ella. La había recibido sin protestar y se quedaba hasta tarde todas las noches oyéndola hablar de Max. Pero su amiga tenía razón: tenía que moverse.

–Sal a pasear y a tomar el aire –insistió Amanda–. Llevas cuatro días encerrada aquí. Eso no es sano. Estás pálida. Si sigues privándote de la luz del sol, acabarás marchitándote.

–Es que no me apetece ver a nadie. Lo que me apetece es meterme en un agujero y taparlo después.

–Deberías avergonzarte.

–¿Qué? –preguntó Julia sorprendida.

–Te estás escondiendo. Y tú no has hecho nada malo –Amanda hizo una mueca–. Bueno, aparte de enamorarte de un hombre que claramente no te merece.

–No me escondo. Me estoy… reagrupando. Sólo hasta que superara lo de Max. No debería llevarle más de diez o veinte años.

Amanda le dio una palmadita en la mano.

–Yo creo que nunca serás feliz sin Max. Tú eres mujer de un solo hombre. Y el tuyo es él.

Amanda se levantó y fue a la cocina y Julia suspiró y combatió las lágrimas. Su amiga tenía que estar equivocada. Porque Max no la quería y ella no quería ser desgraciada el resto de su vida.

–Tengo que ver los resultados de mis análisis –exigió Max, apoyándose en el borde de la mesa del doctor.

Éste, un hombre de unos cincuenta años, le sonrió.

–Por supuesto, señor Rolland. No había necesidad de amenazar a mi secretaria.

–Tengo prisa.

Y era cierto. Si tenía razón y Camille le había mentido, tenía muchas cosas que arreglar.

El doctor se acercó a un mueble archivador, abrió un cajón y fue pasando tarjetas hasta que encontró la que quería. La sacó y se la entregó.

—Como puede ver, los resultados son los mismos que hace dos años.

Max dejó de escuchar. Le zumbaban los oídos. Miró los resultados de las pruebas y sintió una mezcla tal de rabia y alivio que le costó trabajo respirar.

No era estéril.

Camille había mentido.

Julia decía la verdad.

Y él era el tonto más grande de toda la ciudad.

Alzó la vista hacia el doctor y le devolvió la ficha.

—Gracias.

Salió de la clínica y se detuvo al llegar a la calle. El sol de verano caía a plomo sobre la ciudad y la humedad era tan alta que un hombre podía morir de sudor aunque no se moviera. Pero Max sentía frío hasta el tuétano.

Había tenido la oportunidad de algo real. Algo duradero con Julia y con su hijo.

Su hijo.

Cerró los ojos, movió la cabeza y se maldijo por ser tan terco, tan arrogante. Mientras los peatones chocaban con él al pasar, él recordaba los momentos pasados con Julia. Las subidas y bajadas, el sexo, la risa y las discusiones, y supo con certeza que ella era la única mujer posible para él.

Ahora tenía que encontrar el modo de convencerla de que había cambiado. De que la amaba.

Abrió los ojos y echó a andar como un hombre poseído; la gente se apartaba de su camino.

Cuando sonó el timbre, Amanda fue a abrir. Max no sabía cuál sería su reacción al verlo, pero ella le sonrió. ¿Y por qué no? Él estaba en el pasillo con un ramo de flores enorme y una expresión atormentada en el rostro.

–¿Quién es? –gritó Julia desde dentro, y Max miró en esa dirección.

–Es para ti –Amanda tomó su bolso del perchero y se lo echó al hombro–. Voy a tomar un batido, vuelvo enseguida –al pasar al lado de Max, susurró–: Buena suerte.

Max cerró la puerta tras ella y se quedó donde estaba hasta que Julia salió al vestíbulo. Le bastó mirarla para que algo se soltara en él, como si hubiera llevado una cadena en torno al corazón y los pulmones y ahora acabara de desaparecer. Estaba más hermosa que nunca, aunque sus ojos parecían heridos. Se preguntó si sería demasiado tarde para cambiar eso. Pero ella no le había vuelto la espalda ni se había marchado dejándolo allí. Eso tenía que significar algo.

—Julia... —avanzó un paso y ella retrocedió.

—¿Qué quieres, Max? —se retorció las manos delante de la cintura.

—A ti —dijo él con sencillez—. Te quiero a ti. Dime que no es demasiado tarde. Dime que todavía me amas.

Los ojos azules de ella se abrieron por la sorpresa. Max se acercó despacio, con cautela. Aquello era demasiado importante para estropearlo.

Esa conversación decidiría el curso de su vida. Así que empezó por el principio.

—Estaba equivocado. En muchas cosas. Tenía que haberte creído. Haber creído en ti —vio un brillo de lágrimas en sus ojos y eso lo destrozó—. Lo siento muchísimo, Julia. Por todo.

Ella seguía sin hablar y a Max empezaba a embargarlo el pánico.

—Yo nunca pido disculpas —dijo—. Pregunta a quien quieras. Así que no se me da muy bien, pero lo estoy intentando porque tú eres muy importante para mí.

—¿Desde cuándo? —preguntó ella.

—Siempre lo has sido —él miró las flores que llevaba en las manos, las dejó en la silla más cercana y dio otro paso hacia ella. Hacia la salvación–. Desde la primera noche, desde la primera vez que te vi y te toqué. Entonces ya lo supe. Sabía que eras la única mujer posible para mí. Pero creo que no podía decidirme a admitirlo.

–¿Hasta ahora? –ella movió la cabeza y su suave cabello rubio se movió sobre sus hombros como una caricia–. ¿Por qué ahora?

Él se lo contó todo. Las mentiras de Camille, la verdad de los análisis de fertilidad.

–Esperas un hijo mío y yo debería haberte creído. Nunca podré compensarte por ello, lo sé. Pero quiero estar contigo. Quiero amarte. Y a nuestro hijo.

Ella se hizo a un lado, más lejos todavía de él, y movió de nuevo la cabeza.

–Me gustaría creerte, no sabes hasta qué punto. Pero ahora sé que nunca me conformaré con estar contigo por nuestro hijo. Quiero tu corazón, Max. Lo quiero todo o no quiero nada.

–Lo tienes –él se movió tan deprisa que se sorprendió incluso a sí mismo. La tomó por los hombros, la atrajo hacia sí y miró los ojos azules que lo habían atormentado desde la primera vez que los vio–. Tienes mi amor. Me tienes a mí. No soy ninguna joya y lo sé, pero te garantizo que ningún hombre te querrá nunca tanto como yo.

Una lágrima escapó del ojo derecho de

ella y desapareció en el pelo rubio suave de la sien.

–Max…

–Julia –él le acarició la cara y el pelo–. Sólo hay una persona en el mundo que pueda poner a Max Rolland de rodillas. La mujer que amo.

–¿Qué?

Max hincó una rodilla ante ella sin dejar de mirarla a los ojos. Le tomó la mano izquierda y besó la alianza que había colocado allí unos días antes.

–Dame otra oportunidad. Déjame amarte como te mereces. Déjame ser parte de tu vida. Déjame ayudarte a criar a nuestros hijos –le acarició los nudillos con el pulgar–. Déjame entrar en ti y no me dejes marchar nunca.

Ella se mordió el labio inferior y las lágrimas empezaron a bañar su rostro. Rió un poco y Max respiró libremente por primera vez en días. Ella no le había dado la espalda. Le sonreía.

–Levanta, Max.

Él así lo hizo. La estrechó en sus brazos. Ella era todo lo que siempre había querido y mucho más.

Simplemente, Julia lo era todo.

–¿Te vienes a casa conmigo? –preguntó. Y le besó la frente y las mejillas.

–Antes contesta a una pregunta –ella se apartó para mirarlo.

—Lo que tú digas.

Ella le puso una mano en la mejilla.

—Has dicho que quieres ayudarme a criar a nuestros hijos. ¿Cuántos tienes en mente?

Él rió por primera vez en lo que le parecía una eternidad y una sensación de paz lo cubrió como una lluvia de primavera. La estrechó contra sí y susurró:

—Todos los que queramos, amor mío. Todos los que queramos.

La besó y sintió que su vida, su mundo, estaba al fin completo.

En el Deseo titulado
En primera plana, de Laura Wright,
podrás continuar la serie
ESCÁNDALOS EN MANHATTAN

Deseo™

Más que amantes
Linda Lael Miller

Al principio, una fuerte atracción entre Sharon Harrison y Tony Morelli dio lugar a una pasión desbordante; después llegaron el matrimonio y los hijos. Pero, a causa de las presiones cotidianas, su feliz hogar se convirtió en un campo de batalla.

Sin embargo, ni siquiera el divorcio pudo separarlos por completo. Se turnaban para vivir en la casa familiar con los niños y, cuando coincidían, una corriente eléctrica seguía fluyendo entre ellos.

Sharon no podía reprimir el deseo de volver a formar parte de la vida de Tony pero, ¿estaría él preparado para encontrar el equilibrio que les permitiera vivir juntos de nuevo?

Deseaba que el amor volviera a unirlos

Acepte 2 de nuestras mejores novelas de amor GRATIS

¡Y reciba un regalo sorpresa!

Oferta especial de tiempo limitado

Rellene el cupón y envíelo a
Harlequin Reader Service®
3010 Walden Ave.
P.O. Box 1867
Buffalo, N.Y. 14240-1867

¡Sí! Por favor, envíenme 2 novelas de amor de Harlequin (1 Bianca® y 1 Deseo®) gratis, más el regalo sorpresa. Luego remítanme 4 novelas nuevas todos los meses, las cuales recibiré mucho antes de que aparezcan en librerías, y factúrenme al bajo precio de $3,24 cada una, más $0,25 por envío e impuesto de ventas, si corresponde*. Este es el precio total, y es un ahorro de casi el 20% sobre el precio de portada. !Una oferta excelente! Entiendo que el hecho de aceptar estos libros y el regalo no me obliga en forma alguna a la compra de libros adicionales. Y también que puedo devolver cualquier envío y cancelar en cualquier momento. Aún si decido no comprar ningún otro libro de Harlequin, los 2 libros gratis y el regalo sorpresa son míos para siempre.

416 LBN DU7N

Nombre y apellido	(Por favor, letra de molde)
Dirección	Apartamento No.
Ciudad	Estado Zona postal

Esta oferta se limita a un pedido por hogar y no está disponible para los subscriptores actuales de Deseo® y Bianca®.
*Los términos y precios quedan sujetos a cambios sin aviso previo.
Impuestos de ventas aplican en N.Y.

SPN-03   ©2003 Harlequin Enterprises Limited

Bianca™

Obligada a casarse con un príncipe del desierto...

El jeque Khalil al Hasim accede a acompañar a la rebelde Layla Addison hasta su reinado para entregarla a su prometido. Pero él se queda igual de horrorizado que ella al ver que ¡la obligarán a casarse con un hombre lascivo!

¡Khalil decide entonces convertirla en su esposa! Layla es incapaz de resistirse a su atractivo, pero Khalil le parece un hombre arrogante y autoritario. Casándose con él, ¿pasará a una situación peor?

La esposa desafiante del jeque

Sandra Marton

Deseo™

Contra viento y marea

Ann Major

Había cometido el enorme error de enamorarse, acostarse y casarse con Anna Barton, aun sin apenas conocerla, una mujer a la que él, como detective, tenía la misión de localizar. Pero Anna había huido inesperadamente e iba a hacer falta algo más que dinero para hacer que volviera... junto con su pequeña. Entre los planes iniciales de Connor no entraba el de formar una familia, pero después de haber conocido a Anna y dejarse fascinar por ella, pretendía retenerla a su lado, para bien o para mal.

Aquella misión se convirtió en algo muy personal